나는 벽에 붙어 잤다

나는 벽에 붙어 잤다

최지인 시집

민음의 시

238

민음사

되돌아보면 아무것도 아니었다.
처음 기타를 안았을 때
줄을 누르고 퉁겼을 때
붙박이장에 처박혔을 때
무언가 쓰고 있었다.

아버지가 나에게 기타를 선물하지 않았다면
붉은 눈으로 방문을 두드리지 않았다면
아무래도 너는 글렀다고 슬퍼하지 않았다면
나는 여전히 골방에서
침묵했을 것이다.

2017년 9월
최지인

차례

1부
어떤 일이든
가능한 것처럼

돌고래 선언

손과 죽음을 사슬이라 부르자. 그들이 손가락을 걸고 있는 모습을 엉켜 있는 오브제라 부르자. 그들은 손가락을 쥐고 엄지와 엄지를 마주한다. 구부러진 몸이 손을 향해 있다. 손이 죽음을 외면하는 것을 흔적이라 부르자. 빠져나갈 수 없는 악력이 그들 사이에 작용한다. 손이 검지와 중지 사이 담배를 끼우고 죽음은 불을 붙인다. 타오르는 숨김이 병원 로고에 닿을 때 그들의 왼쪽 가슴은 기울어진다. 손에 입김을 불어넣어 주자. 손이 기둥을 잡음으로써 손은 기둥이 되고 그것을 선(善)이라 부르자. 죽음이 선의 형상을 본뜰 때, 다리를 반대로 꼬아야 할 때, 무너질 수 있는 기회라 부르자. 사라진 손을, 더듬는 선을, 부드러운 사슬을, 죽음이라 부르자. 그들의 호흡이 거칠어지면 담뱃재를 털자. 흩어짐에 대해 경의를 표하자.

이리

어느 마을 사람들
대화하길 좋아한다
쉬지 않고 얘기하며
얇게 저민 수육 입에 넣는다
그릇 비면 음식 담긴
그릇 새로 나온다

외투들 벽에 걸려 있다

*

당신은 식당을 했었다
그 식당에서
오도독, 오도독
내가 자랐다

당신은 뚱뚱하고 육개장을 잘했지
나는 당신 품에서 잠들었던 거 같아
오래도록 쓰다듬었던 거 같아

알 수 있다 아이는
엉망이고 간혹
도로에서 발견됐다
노란 선까지 엉금엉금
기어가던 작은 손발

위험을 감수하며 산다는 거
찬란한 아홉과
아름다운 아홉
병원에 있던 당신을 보았지
당신 손잡고 서 있었다 나는
주검 위 작은 새 골몰히
생각하는 에메랄드그린

나의 잘못을 고백하지 않았다면
나는 좀 더 편안한 사람이 되었겠지
당신과 다투지 않았다면
다정한 사람이 되었겠지

울지도 기쁘지도 않았겠지
평온했겠지

목매 죽은 삼촌의 손
창틀에 늘어져 있었다

약을 달이는 시간 동안 나는
당신 손톱을 만져 주었다
죽음은 고무 대야에 담긴
도라지와 파, 쑥과 검은 콩
잠이 들면 멀리서 온 새 떼가
온몸 쪼아 대고

열심히 일하길 바라네
자네는 고민이 많은 게 흠이라네
임금 체납이 불가피하고 나는
지하철 타고 무사히 출근했다

식구들 모여 있었다

두루뭉술

당신 발이 차가웠다

비정규

아버지와 둘이 살았다
잠잘 때 조금만 움직이면
아버지 살이 닿았다
나는 벽에 붙어 잤다

아버지가 출근하니 물으시면
늘 오늘도 늦을 거라고 말했다 나는
골목을 쏘다니는 내내
뒤를 돌아봤다

아버지는 가양동 현장에서 일하셨다
오함마로 벽을 부수는 일 따위를 하셨다
세상에는 벽이 많았고
아버지는 쉴 틈이 없었다

아버지께 당신의 귀가 시간을 여쭤본 이유는
날이 추워진 탓이었다 골목은
언젠가 막다른 길로 이어졌고
나는 아버지보다 늦어야 했으니까

아버지는 내가 얼마나 버는지 궁금해하셨다

배를 곯다 집에 들어가면
현관문을 보며 밥을 먹었다
어쩐 일이니 라고 물으시면
뭐라고 대답해야 할까
외근이라고 말씀드리면 믿으실까
거짓말은 아니니까 나는 체하지 않도록
누런 밥알을 오래 씹었다

그리고 저녁이 될 때까지 계속 걸었다

이력서

횡단보도를 건너는데 트럭이 속도를 줄이지 않았다.

카페테라스에 놓인 철제 의자는 조금 녹슬었다. 녹슨 의자라니, 딱하기도 하여라!

파란색 배경 앞에 있으려니까 입술이 제멋대로였다. 입술을 가지런히 놓아두면 눈과 코가 달아났다. 귀라도 얌전하니 다행이었다. 사진사가 셔터를 눌렀다.

인사 담당은 당황하겠지. 이런 부류는 녹슬지도 않는다며 흉을 볼 거야.

비탈길이 무서웠지만 비석 옆에선 대담해졌다.

어릴 적 살던 집에선 사람들의 오가는 발이 보였습니다. 그 발을 보며 자랐습니다. 그 아이는 자라서 한 공원을 산책했다. 모름지기 프로의 산책은 사무적인 법.

공원에 있는 벤치는 여든일곱 개, 그중 스물세 개는 등받이와 팔걸이가 있었고, 서른한 개는 등받이와 팔걸이가 없었고, 열네 개는 망가졌고, 아홉 개는 사라졌고, 나머지는 실수였다.

죄를 고백하고 죗값을 치렀을 땐 이미 늦었다.

몸통이 날아올랐다. 긴 시간, 찌그러진 범퍼를 보았고, 트럭 운전수의 표정을 따라했다.

폭 하고,
바닥에 눈이 쌓였다.

미성년

많은 사람이 죽었고
나는 한 줄도 쓰지 못했다

기타 교본을 보며 기타 줄 눌렀다
이상한 소리였다 더 세게 눌렀다
소리는 여전했고 손끝에 붉은 자국 남았다

                               *

남자는 여자의 젖을 빤다
나는 숨죽인다
두 손이 젖을 주무른 것을 본다

그 아이 나를 알고 있다
나는 그 아이 엉덩이를 물어뜯기 위해 짐승처럼 뛴다
아이 웃으며 미끄럼틀 탄다
일제히 비명
나는 턱에 힘주고 놓지 않는다
사람들이 나를 둘러싼다
둘러싸고 운다
멈추지 않는다

바깥에서 남자가 고함을 지른다
물건 깨지는 소리 나고
나는 이불 속으로 들어가 베개로 귀를 막는다
바깥의 여자는 죽고 싶을 것
깜깜하고 축축한 침대에서 혼자

개는 도로에서 죽지 않고 있다
긴 혀 내밀고 있다

*

여자의 가슴에 종양 두 개 자라고 있다
하루에 세 번 알약들을 삼키고
위로할 수 없다 나는
자꾸만 무너지는 집을 붙잡고 있다

여자의 눈은
좁은 골목 낮은 담장
공원을 걸을 때 부딪치는 손

아프지도 않은데
아픈 척하는
빈 벤치들이 늘어서 있다

나는 조용히 여자 뒤를 따른다
여자는 뒤돌아보지 않는다
멀리
멀리
열차 문이 열리고 닫힌다

얼굴이 희미하다
얼굴이 희미하다
나는 작다
나는 죽지 않고

버스가 떠난다
어떤 일이든 가능한 것처럼
사람들이 대합실에 모여 있다

앙상블

아직은 아니다 몹시 추운 저녁
밝다 여기는 도시의 광장
길고 견고한 벽이 정면에 있다
벽에 올라선 사람들은 위태롭다 절벽
여러 표정과 식탁에서의 침묵이 암막에 가려 있다

남자의 손을 잡은 아이가 묻는다
남자는 대답할 수 없다
거리로 나왔다 내외는 아이가 잠들 때까지 등을 쓰다듬
곤 했다 그런 손

사람들이 철제에 달라붙었다 그것은 지하의 것이 아니
므로
힘을 한곳에 모은다
지하에서 지상까지
그림자가 사라질 때까지
그렇게

개나리가 피었다

사내가 있었다 그는
가구점 앞에 놓인 가죽 소파에 앉아
그것이 무너질 때까지 자고 싶었다
죽은 쥐가 가로수 밑에 있었다

갈비뼈 같은 나뭇가지에 새들이 앉았다
새들은 벌거벗은 인간을 지켜보았다
인간은 하얀 손을 갈비뼈를 향해 뻗었다
둥글고 단단한 눈〔目〕
두개골이 박살난 새들의 부리가 바닥에 박혔다
낮과 밤이 나뉘었다
신맛이 났다

나의 아이야 숨어라
누구에게도 들키지 않도록
사이렌 소리가 귀를,
총검을 든 사내들의 행렬과 뺨을 때리는 손뼉의 찰나—
나는 적의 심장에 날 선 단도를 찔러 넣을 수 있습니다. 적
의 피가 솟구쳐 온몸을 물들일 것입니다. 그때마다 나는

호텔의 창문, 길고 긴 철로, 찬장의 검녹색 유리병 등이 떠
오르는 것입니다.

그러나 나는 광장을 광장이라 부를 것이다
나무는 나무
빨강은 빨강
처음 같을 너희의 얼굴

사람들이 모여 있다 그들은 구겨진다
서로의 눈을 피하지 않고
어깨가 맞닿은 채로
모든 것이 멈추지 않길
하얀 이들이 그들을 덮쳤다

비보호

피아노 건반 내려친다
주먹으로 턱 깨부수듯
온 힘 다해

소반에 밥그릇 국그릇 두고
마른 멸치 주워 먹는 아이 붉고
예쁜 아이

스스럼없이 하얀 배 타고
강 건넌다 너는
죄짓지 않았는데

약 먹기 싫다 내가
걱정하니까 어쩔 수 없이
2시 10분

다리에서 뛰어내리는 사람
햇볕 내리쬔다 공원을 산책하는
사람 귀에서

아이 노래한다 실패에
파란 실 돌돌 말려 있다
우리가 바라던 건 아닌데

다만 돈 버는 거에도 신경 쓰렴
가스레인지 위 냄비
물이 끓는다 마음껏 우는

수조 속 물고기들
서로의 지느러미 물어뜯는다
네가 아직 배 속에 있었을 때

나는 긴 스툴에 앉아
풍선을 불곤 했다 풍선이
뻥 터지면 네가 사라졌다

400번의 작화

르네의 침대에서 담배를 피운다 연기가 목구멍 깊숙이—
가득, 첫, 흩어지는
　타자기를 훔친다 르네를 위해
　누군가를 위한다는 것, 뜨거운 담배 연기
　소년원에 간다는 것, 나의 증인, 나의 부모
　허공으로 떠오르는 유연한 존재는, 바라보는
　가랑이 사이 르네의 머리가 위치한다—르네는 시간자
(屍姦者)
　십자가에 못 박힌다 르네를 위해, 발가벗은 몸, 흐르지
않는 피
　그것은 누군가를 위한다는 것, 움직이지 않는다는 것,
나의 애무 나의 절정, 거룩한,
　르네의 엄숙한—모든 형용사

400번의 난장

앙뜨완느가 도로에 뛰어드는 것. 2차선 도로에 누워 있는 것. 지나가는 바퀴들에게 고함을 지르는 것. 어깨를 거칠게 떠는 것. 눈을 부릅뜨는 것. 계획하는 것. 자세를 낮추는 것. 바닥에 닿을 듯한 무릎을 만드는 것. 유리문을 내리는 것. 욕설을 내뱉는 것. 라디오에서 사담을 전파하는 것. 사담이 공담이 되는 것. 앙뜨완느가 행위하는 모든 것. 클랙슨이 합창하는 것. 그대들이 자동차에서 내리는 것. 우리에게 협조하는 것. 앙뜨완느의 승리가 완벽해지는 것.

출렁이는 파도와 시끄러운 갈매기들

1
바늘이 회전하고 있다 주느비에브가
진통제를 삼킨다

나는 친구들에게 돈을 빌리며 다짐했다 그것을 종이에
적어 지갑에 넣고 다녔다

주느비에브가 깜깜한 골목에서 걸어 나왔다 나에게 유
리병을 주었다 유리병에는 바다가 있었다 출렁이는 파도와
시끄러운 갈매기들
서운하지 않다 나는 주느비에브와 해변을 걸었다 누군
가 쓰러져 있었다 우리는 지나갔다 멀리 서서 바라보았다
파도가 그를 휩쓸어가길 기다렸다 우리는 누구도 아니었다
알고 있었다
그리고 주느비에브의 귀에 속삭였다

네가 고무장갑을 끼고 계단을 닦고 있었을 때 나는 눈
이 내리길 기도했어 눈은 먹지 않았는데 눈을 먹으면 몸에
해롭다는 걸 알고 있기 때문이지 그런데 왜 해로운 걸까?

주느비에브가 말했다

눈 떠보니 이곳이었고 빈자리에 앉아 메뉴판을 펼쳤습니다 사람의 이름인 것 같기도 하고 사물의 명칭인 것 같기도 한, 입에서 발음하면 어떤 것이든 금방 나오고 쉽게 취하는, 나는 팔걸이가 있는 의자에 앉아 다리를 꼬고 담배를 피웠습니다 난간에 기댄 사람들이 유리잔을 내려놓고 아래로 뛰어내리면 종업원은 행주를 들고 테이블을 정리했습니다 아무것도 하지 않으면 사라질 수 없고, 간판이 꺼지고, 종업원도 숨을 참고 바닥으로 추락하고, 아픈 시간이 엇갈렸습니다 나는 나를 발음해보고, 잠깐 공중에 떠 있었습니다

2
얼마 전 이끼처럼 앉아 있었는데
고소당했다 수화기 너머
주느비에브가 껌 씹고 있었다
호수에서 잉어들이 헤엄치고 있었다

나는 반대편 열차를 탔다 감기는 몽롱하고
주느비에브는 웃을 때 깨진 이가 보였다
마른 가지에 직박구리가 앉아 있는 것처럼
싱크대를 들추면 바퀴벌레가 있었다

형사는 키보드를 두드렸다

포클레인이 길을 파헤쳤어요 나는 무너진 입구였죠 무릎에도 피가 났습니다 코트 주머니에서 참치 통조림이 발견된 것은 휘청이는 하이힐 같은 일이에요 나는 자신 있게 외칠 겁니다 "영수증은 괜찮아요!" 형사님 저는 철제 의자에 오래 앉아 있질 못합니다 얼굴을 들이미는 것도 익숙치 않습니다 게다가 이렇게 마주하는 일은 힘겹습니다

주느비에브가 누워 있다 주느비에브들이 있다 내가 있고 남자가 있고 여자가 있다 염소가 있고 하마가 있고 기린이 있다 쑥부쟁이가 있고 담쟁이덩굴이 있고 수레국화가 있다

우리의 손가락이 주느비에브의 입을 휘젓는다

주느비에브는 손끝에서 태어났다
어떤 바람도 놓치지 않았다
비로소 주느비에브의 심장이 완성되었다

3
모든 것이 주느비에브가 되었다
더 이상 믿을 수 없다

기이한 버릇을 가진 잠과 앙상한 C 씨

내일은 이발하러 가야겠다 바닥에 종이가 흩어져 있다
담배를 물고 잠깐 앉을까 아니, 눕고 싶어

눈을 감으면
무수한 송곳니, 덤불 속의
분신(分身)

*

J 도통 연락도 없으시고 어떻게 지내셨습니까?

C 오랫동안 붙잡았어요. 고무풍선을 입에 물고 바
   람을 넣었지요. 완성한 풍선은 먼저 불었던 풍선
   보다 작거나 컸는데 얼마큼 불어야 풍선은 풍선
   이 될 수 있나요?

J 정말 홀쭉하군요. 버리는 일이 취미신가 보죠? 오
   늘과 내일이 무척 다르군요.

C 쉬는 시간은 없나요? 마약이 불법이니 자주 화
   장실에 가야겠어요. 제발 하고 싶은 것 좀 하세
   요. 나는 J씨가 찍은 비디오를 본 적이 있지요.
   태도의 문제랄까?

*

엄마가 울었던가

이십 대의 나는 봉투에 주소를 꾹꾹 눌러쓰면서 얼마나
설렜던지 우체국을 나오면 기분이 묘했어

처음 학교 갔을 때 기억해? 엄마가 내 가슴에 이름표를
달아 주었잖아 교실에는 수많은 이름이 허리를 펴고 앉아
있었지

나의 엄마야 춤출 때 기분이 어때?

*

페인트 뚜껑 틈새에 一자 드라이버를 집어넣는다
고무대야에 페인트를 붓는다
지하의 걸쭉한

*

J 벽지가 촌스러웠어요. 대충 바르자고 했는데 고집
   이 세더군요. 참 빨랐고 여전히 빠르죠. 나는 자
   주 파출소에 갔어요.

C 먹고살려면 담배를 피워야죠. 그래요, 고마워요.
   우린 자주 만나고 아침을 거르곤 했죠. 페인트,
   손에 묻은 노루 페인트. 카모플라쥬 작업복을 입
   으면 신중한 화가가 될 수 있습니다. 마음에 드
   는 작품이 있나요?

J 샘도 났지만 기뻤어요. 밤을 꼬박 새며 비싼 음식

도 먹었습니다.

C 막이 올랐고 배우는 코뼈가 부러졌어요. 조명이
   꺼지고 술병이 깨졌습니다. 관객들은 박수를 쳤
   는데 나는 평론을 써야 했지요. 이미 마감도 지
   났고 게다가 저는 말재주가 없어요.

*

자동차가 정지선에 멈춘다

천국에도 창문이 있다 햇빛이 나무 책상을 비추고 창틀
에는 화분이 놓여 있다 말라 죽지 않는 식물, 바람
   화분의 꽃이 햇빛 쪽으로 휘어져 있다
   지나간

*

일하자

커튼을 내리고

*

J 당신은 자폐가 있군요. 너무 길지 않나요? 귀를
   심하게 파면 염증에 노출됩니다. 의도가 뭐죠?

C 순서를 고민해 봐요. 절묘한 배치가 필요한 거죠.
   묶일 수 있습니다. 전투적으로 움직입시다. 나는
   J씨를 다룰 줄 알아요. 끝까지 가볼까요? 견디고
   몰두하고 부딪히고 셀 수 없이 많죠.

*

서울,
2011년 12월 23일

C에게

손이 꽤 곱더군요.

젊은 친구들을 만나는 건 언제나 즐거워요.

일 년간 건강이 좋지 못했죠.

투병하느라 글을 못 썼습니다.

아이들은 스스로 공부합니다.

이제 그들을 돌볼 생각이었는데

C를 만나게 된 거예요.

나는 도울 수 없어요.

지쳐선 안 돼요.

J 소식 들었나요?

따듯한 나라의 이층집.

종종 놀러 오세요.

가끔 이야기는 가능합니다.

L 올림

*

벽에 기댄 노파의 눈이 보이지 않는다 겹겹이 입은 잠바

가 뼈를 가리고 있다 작은 눈이 잠깐,

날린다 눈이 쌓이고 있다 수많은 노파가 태어난다 환호
성 지른다 입 벌린 노파들, 더러운 손을 모으고 기도

*

어머니는 무용수였다

아들아, 평범하게 살 거라

*

J 죽지 않았다니 솔직히 유감인데요?

C 나는 남의 자서전을 쓰고 있습니다.

*

누가 먼저랄 것도 없이

회사에 간다

*

    J 마지막으로?

*

내일이면 더 많은 상징이 부정될 것입니다
어떤 비행(非行)은 함께하고 싶습니다

2부
배를 뒤집으면
관이 되지

그림자들의 음악

  우산을 나눠 가졌네 우리의 주제곡이야 창가에 앉아 있는 우리는 과거의 우리와 마주하고 있다는 거 눈치채고 있었니 씹고 마시는 동안 뺨이 붉어지고 고양이가 되었지 누구도 창가를 떠나지 않았어 왜 우리는 창 반대편에 앉아 있어야 하는 걸까 꼬리를 둥글게 말았는데 비가 내리고 말았지 골목의 사람들이 비닐을 덮고 우산을 펼치는데 우리는 한 번도 마주치지 않았다는 거 그것이 주어진 발자국이라는 거 빗방울이 흐르고 서로의 정강이에

  손톱자국을 나눠 남겼네 우리의 두 번째 주제곡이야 우산이 부딪치는 골목의 모퉁이를 돌아 결국 까만 창 앞에 서게 됐어 창에 우리의 모습이 존재했고 사람들이 몸을 통과하며 지나갔지 수많은 사람이 고양이가 될 때까지 울지 않았어 우리는 우리가 아니라는 거 쏟아지는 비가 멈추면 우산은 불필요할 거라는 거 그럼 세계는 고양이로 이루어져 있니 수줍게 웃는 우리가 잡히지 않아 고양이라고 곡이 끝나지 않았는데 담벼락을 넘어 사라졌어 낌새도 없이

검은 나라에서 온 사람들

흙냄새가 좋아
네 얘길 써도 돼?

홀쭉하고
잠들지 못하는
사람 오래도록
쓰다듬으면

어제오늘 같고
그런데 우리 뭐 먹었더라

네 외투 주머니에서
밀크카라멜 꺼낸다 그 위로
네 얼굴
웃는 얼굴

비닐 벗기면
아담한 사이즈의 단칸방
이곳에서 우리 할 수 있는 일이란

미래 같은 건 필요 없다
이것은 미래가 아니다
덧붙임이라고 해 두자
사람 죽으면 그 영혼이 떠돌아다니는 것처럼

다리 밑에 버려진 시체들 포개져 있다
네가 스케이트보드 타고 도로를 질주한다

나는 너와 횡단보도 앞에 서 있었다
너를 올려다보며 내가 아는 모두를 얘기했다
불빛이 바뀌자 너는 버스정류장으로 뛰어갔는데

어쩔 수 없는 일이 있다
사람 힘으로

불 꺼진 공장 공터에 자동차 세워 두고
너와 햄버거를 나눠 먹었다
라디오 볼륨 높이고

보닛에 걸터앉았다

60억 명의 사람이 숨 쉬고, 느끼고, 살아가고 있어
*오늘 500명의 어린이가 굶고, 겁내고, 죽어 가고 있어**

내게 말해 줄래? 나는 일했고
월세 내고 남은 돈으로
식료품을 샀다 냉장고에는
썩어 가는 반찬들 가득 아침으로
식빵 먹다 뱉었다 에메랄드색
곰팡이가 피부병처럼 번져 있었다
생수로 입 헹구고

불쌍한 요릭이 말했다
나와 결혼해 줄래?

네 손바닥에 큐빅 귀걸이
나는 지포로 옷핀을 달구고
후회하지 않겠어?

귓불 잡고 뚫는다
살 찢어지는 소리
귀걸이 한 쌍 네 귀에 달렸다

새도, 숲도, 별도, 달도, 그 아이도
*다정한 지구는 기억하고 있어**

공장이 무너지면
나라도 망할 거란 동료의 말에
그런 조국은 망해도 좋다 생각했다
가난해지겠지 더
가난해지겠지

공터에는 집이 지어질 것이다
거기선 아무도 죽지 않는다

못이 삐뚤게 박혔다
이마에 파리가 앉았고
손을 저어도 날아가지 않았다

나는 너의 부피를 상상할 수 있다

• , •• Radwimps, 「祈跡」.

노력하는 자세

작은 내가 더 작은 나에게 말한다

배를 뒤집으면 관이 되지
벼락 맞아 쪼개진 나무
새가 운다 호수에 얼음 조각 떠다닌다
눈부신

미래 분명
가면들
꽃 심는 가면들
나는 그날을 알 거 같다

*

숲속의 짐승들 사람 닮은
이들 땅굴에서
새끼 낳고 식물의 이름 딴
형제의 이름 이렇게 하늘과 땅
완성되었다 그래 이제
죽을 때까지 뭐하고 싶니

*

마음껏 병신, 병신 같다고 얘기할 수 있었다면
그는 결코 나무가 되지 않았을 텐데
아이 웃는다 낯선 사람들 바라보며
조용히 작은 우주

수많은 저녁 나는 친구들과 술 마셨다
서로 술잔 부딪히며 침묵하고
침묵하고 그렇게 한 시절이 지났다고
한 친구가 말했다

아버지가 방 안에서 담배 태운다
담배 연기 가득하다
연기 때문에 못 살겠어요 창문 여는데
닥쳐오는
애야 너무 춥구나 여긴

아버지도 나에게 편지를 썼었다

네 탓이 아니야
네 탓이 아니란다
알에서 부화한 슬픔들

                              *

말하는 너의 목소리는 미색(米色)
먼지처럼
생활고에 시달릴 때 무사히
살아남겠다고 다짐할 때
자비를 베푸소서

손 흔든다
나는 여기 있어요 어머니
곧 행진이 시작됩니다
추위와 배고픔 따위를 견디며
자리를 지키고
손 흔든다

"글쎄요, 저는 당신이 죽지 않길 바라겠어요. 사후의 삶은 끔찍하니까요."

아내가 운다 부족한
생활비 때문일까 나는 아내의 손을
잡고 어릴 때 얘길 한다

"…친구 집에 놀러 갔었는데, 그 집 카세트에서 만화영화 주제곡들이 흘러나오는 거야. 나는 한참 동안 카세트 앞에 앉아 있었어. 따라 부르기도 하면서 말이야. 딸깍, 음악이 멈추고 나는 카세트를 열어 보았어. 카세트에는 〈만화영화〉라고 적힌 테이프가 들어 있었지. 나는 그걸 보고 집으로 뛰어갔어. 심장이 뛰더군, 엄청나게, 마치 마스크맨처럼 말이야. 집에 도착하자마자 내가 한 일은 카세트테이프에 〈만화영화〉라고 적은 거야. 그러곤 테이프를 재생했지.

신기하게도 카세트에선…"

아내가 나의 손을 세게 잡는다
저녁엔 어묵을 볶아 먹을까
그럼 우리

언젠가 눈오는 들판에서
사진 찍자 아무도 없는 들판에서
팔짱 끼고

*

역을 가득 메운 사람들
한 계단
한 계단 오른다

가까워지고 있다

주말

허벅지 위에 아내 허벅지 놓인다
아내는 왜 그럴까
나는 꽃 머리들 후드득
쏟아지는 걸 본다

태풍이 지나갔다
머리 한쪽 쑤신다
아내는 회사에
나는 병원에
모두 갈 곳이 있다
모든 게 그럭저럭

화분에도 영혼이 있다
화분에 심은 식물들이 말라 죽는다
달라지지 않는다
알 수 없는 건 우리
그러다 몇 가질 적는

아내는 죄가 없다 나는 대기실에서

패션 잡지를 본다 곧 불릴
이름 병원에서 법원에서 감옥에서 도로에서—
신호등 불 바뀐다
빨간 이름
파란 이름
가여운 이름

생일 축하해
우리는 외롭고
모국은 사람들에게 돈을 요구하고
사람들을 향해 총검을 겨누고

창가의 책들이 햇볕을 쬔다
노랗게 부스러지는 것도 괜찮다
아내와 나
뒤틀린 종이처럼
침대 위에 있다

*

달궈진 프라이팬에 마가린 한 스푼
식빵을 굽고 그 위에 달걀 프라이
케첩과 설탕 조금

식빵 두 장 포개어 있다
그 사이 축축하고
부드러운

건조대에 널린 수건들 손목에 걸린 갈색 끈 저녁 9시 30분
의 분주함 분홍색 샤워 타월 "잠깐 벌려 봐"라고 말하는 입
타일 틈에 낀 곰팡이 하양 거품 간지럼 피우는 손 그리고
　테라스에서 맥주 마시기 사람들 흉보기 엘리베이터에서
키스하기
　담배 연기 자욱한 공원 벤치 크림색 푸들 새벽 3시의 악
몽 숨 아내와 나 토라진 얼굴 그럼에도 불구하고
　사랑하는 것 미워하는 것 카페에서 샌드위치를 나눠 먹
고 헤어지는 것 조이스의 『율리시스』를 읽는 것

빨간색 현관문을 보고 '다 왔다'고 안도하던 때
까지

*

샌드위치 크게 한입 문다
아내가 화분에 물 흠뻑 준다
창밖으로 보이는 고물상

한 치 앞

아내의 전화다
나는 받지 않고
메시지를 보낸다

있잖아 나
그만둘까 해

공과금 고지서를
씹어 먹는 염소처럼

재계약을 앞두고
별의별 생각

자전거 타고 출퇴근하면
아낄 수 있는 교통비로

아침에 일찍 일어나
아내와 나의 도시락을 싸고

집에 쌓인 책들을 박스에 담고
어떤 책은 넣었다 빼기도 하며

가늠해 본다 호프 한 잔
감자튀김 작은 거

네가 좋아하는
카레 해 뒀어

내일은 제일 아끼는 옷을 입고
출근해야지 이 시간에
미용실이 열었을까

궁지에 몰린 사람들
빈 접시에 남은 갈색 소스

반의반

웨슬리 혹은 아무개가 아무것도 하지 않는다면 웨슬리의 아내는 얼마나 괴로울까요 그는 자신을 파먹고 유령의 낯으로 바깥을 보고 있습니다 그들도 젊었을 땐 커피숍에서 샌드위치를 나눠 먹을 정도로 사이가 좋았지요 그러나 지금 그가 고층 건물 옥상에서 뛰어내린다고 해도 놀랄 사람은 없을 겁니다 그는 신처럼 어디에도 없어요

*

도화지 붉게 얼룩지고 뱀 머릴 든다 허물 벗고 있다—젤리와 초콜릿 까먹다 보면 색색의 비닐: 원탁에 빈 접시 스푼과 나이프 "이러면 안 되는데" 귤이 상자에서 썩고 있다 하얗고 파란 몸들 틀림없이 다음은 사직서 돌려 읽으며 이 부분은 이렇게—적절치 않은 사유

사람들 잔디밭에 모여
싱크홀 구경한다

"귀여운 싱크홀

호수도 삼키는 싱크홀"

*

굴삭기처럼 말이죠 주일에도 쉬지 않고 저를 파냈습니다 그건 거짓이 되려는 긴 노력이었습니다 달걀을 쥔 손바닥처럼 저는 고작 달걀만큼의 세계에서 모든 걸 질투했습니다 달빛이 침대를 비추면 우리 내외는 침대에서 등을 마주하고 누워 있곤 했습니다 어떤 것들은 말이죠 보고 또 보아도 처음 보는 거 같습니다 누군가 기억하지 않으면 사라질 것들 흰색 머그잔 빳빳한 사슴 인형 오늘 밤 달리는 자동차에 뛰어들면 눈보라가 몰아칠까요

너는 참았던 울음을 터트렸다

저편의 말

거리가 얼었다
가로등이 잠깐 꺼졌다 켜졌다
계단을 오르다 그를 마주했을 때
나는 숨을 고르고 있었다

아무것도 하지 않았어요 의자에 앉아 있었을 뿐 연연하
지 않기로 했답니다 아무것도 하지 않기 위해 꽁꽁 언 거
리가 되기 위해 곧은 자세를 오래 유지했던 거예요

그의 손을 잡고 호숫가에 있었다
몹시 추웠고

그는 서랍에서 과도(果刀)를 꺼냈다
손목을 긋겠다고 울부짖었다

사진이 있다
그와 나는 산을 오르고 있다 침엽수 옆을 걷고 있다 그
의 입술 조금 벌어져 있다
그는 말할 때 바닥을 보았다

글쎄, 그것은 그가 아니다
그는 도시의 이름처럼
거리가 되었다

벽이 있었다면 그와 나는 두꺼운 이불을 바닥에 깔고
함께 누울 수 있었을 텐데 풀지 않은 짐들을 구석에 몰아
놓고 내일 먹을 음식에 대해 말할 수 있었을 텐데

머그잔을 벽에 던졌다
유리 조각 흩어지고

여느 때처럼 창문을 열어 두었습니다 화장실 문턱에 앉
아 창밖을 바라보았어요 빨랫줄에 속옷이 널려 있는 그런
풍경 수채통에서 공작새 냄새가 올라왔고 책장 뒷면은 곰
팡이가 슬어 있었지요 나는 졸리면 새처럼 앉아서 잤습니
다 그게 전부예요

열차를 기다리는 사람들

곤충들이 얼어 죽었다

그는 거울 앞에서 무릎 꿇었다
목과 어깨
어깨와 허리
허리와 엉덩이
엉덩이와 발바닥
나는 보았다
그것들의 선(善)을

욕조가 있었으면 좋겠어 하지만 욕조를 선물받는다면
골치 아플 거야 벽을 뚫어야 할지도 모르지 벽을 뚫다니!
해머를 쥔 그의 모습은 우스꽝스럽지 그는 드레스를 입고
시체처럼 누워 있네

창문을 열어 두고 시멘트벽에 기대어 있다 도시가 흙처
럼 쌓여 있다 흙과 까만 손톱들 유리조각을 팔목에 찔러
넣는다 하얀 꽃들 피어난다 긴 뿌리가 흐르고
우리는 왜 옳은 선택을 해야 할까

저편에서 열차가
끝없이 철로

개와 돼지의 시간

야훼 품에서 몸부림친다
활처럼
붉은 얼굴들 자꾸만
쉿
쉿
검지를 입술에 대고

                            *

세입자는 갓난아이를 키웠다 이곳에서
나 너와 살 수 있을까
바람 통하지 않고

너희 집에서 살면 좋겠지
거실에 놓인 벤자민을 가꾸면서
햇빛이 우릴 즐겁게 할 텐데

*

라멕[•] 방아쇠 당기고
탄환들 우수수 박힌다
나무토막 쓰러진다

화장실 문을 걸어 잠그고
엄마에게 사랑한다고 메시질 보내는
세계다

*

죽지 않았다면
날 보러 올래 우리 집엔 책이 많고
마음껏 담배를 태워도 된다

슬플 거다 쉬지 않고 일해서
부모는 나에게 헌신했다
나는 그러질 못하고

밖에서 잘 순 없으니까
짐들은 버릴 수밖에

유명해지고 싶었다

                        *

좁은 화장실에서 우리
깨끗이 목욕하고
밥을 먹고
밥을 먹고
잤다
아무도 구할 수 없었지만

• 아다와 씰라여 내 목소리를 들으라 라멕의 아내들이여 내 말을 들으라
  나의 상처로 말미암아 내가 사람을 죽였고 나의 상함으로 말미암아 소년
  을 죽였도다(창 4:23).

병상

잠들 시간 가게 문 닫고
매장 바닥 닦는
부부의 삶 창밖으로 보이는
경찰차 도시를 순찰한다

지난날은 악몽이었다 갯벌 바라보며
아내가 말했다 핸들 천천히 꺾었다
거긴 막다른 길이라고

*

책상에 엎드려 자는 목요일
날씨가 무척 좋구나 근교의 공원에서
돗자리 깔고 김밥 한 알
우물우물 뛰노는 아이들
저기 물 좀 줄래? 아침이면
끝날 거야 양치하고
옥상에서 바람 쐴 수 있을 거야

수고가 많다고 부장이 격려했다
늙지 않고 살 수 있다면 소주와 맥주를 섞어
실컷 마시자 옛날에 당신 참 다정했는데
무엇이 문제일까 가끔 나는 내가 사라지는 꿈을 꾼다
내가 없는 세계에선 모든 게 평온해서

배 타고 지구 한 바퀴
죽은 사람의 얼굴로
초인종 소리
초인종 소리

                              *

턱 괴고 침묵한다
작은 입술
둥근 어깨
가느다란 손가락

강 밑으로

더 밑으로 너와 나
가라앉는다면 바닥에
둘만 남는다면 그땐
모든 게 사소해질 거야 우리
수면 향해 팔다리를 움직이자
서로의 젖은 모습 보고 깔깔댄다
타월로 물기 털어 내고 성수대교 지나
집에 가자

...
...

한번 생각해 보자

*

소원을 빌 때마다 네 이름 중얼거렸다
눈 감은 사람들 돌 쓰다듬으며
무언가 떠올렸다 우리는
파라솔 플라스틱 의자에 앉아

뜨거운 만두를 후후 불었다

여긴 정말 넓구나
수많은 네가 있구나

개가 꼬리를 흔든다 뒷발로 서서 안아 달라고
　안아 달라고, 우리의 미래―무척 실망스러운 태도입니
다. 지난주 면담 때도 누누이 말했어요. 요령 부리지 말라
고요. 변명이든, 뭐든 말해 보세요.

*

조직 개편이 있을 거래
벌써 몇 명은 그만둘 건가 봐
나는 괜찮아 아직

형광색 조끼 입은 사내들
길가에서 담배 태운다
포클레인이 4층 빌라 벽을 두드린다

주저앉고 있다

내가 너로 태어나지 않아 다행이다
말하지 않아도 아는 것들이 있다

*

고깔모자 쓰고 케이크 초를 껐다

추하고도 아름다운

취하지 않았다 나는
끄떡없이 보고 있다
온 세상의 입
먹어 치우는 것 놀이터에서
아이 성을 짓고 있다 모두
살아 있다

교실에서 아이들 가르친다
너희에겐 교육이 중요하니
나는 매달 돈을 받는다
이대로 굶어 죽을 수 없는 것처럼
광장에 가면 사람들 경찰과 대치한다

실은 그곳―습작을 했지
시와 소설을 노트에 적었다
'나는 오랫동안 성장하지 못한 거 같다'
그건 이유가 될 수 없고
곰팡이 포자 날아다니듯

수많은 죽음 목도하다
영정 올려다보다
또렷하다 그 아래 꽃을 두고
너는 망했다고 얘기했지 그때 난
손가락이 저렸어 어쩜 사랑 고백 같지

너희는 죽었거나
죽어 가고 있지 철장에서
철장 같은 곳에서
슬프지 않다 어여쁜 사람들
평화로운 사람들

넝쿨나무 뒤덮인 철조물
떠다니는 무수한 얼굴의 주소를
받아 적는 것 경찰이 물대포를 조준한다
아무 일도 일어나지 않았다면

언젠가 서울에도 철새처럼
포탄이 날아들겠지 새들이

시체 조각 쪼아 먹고
다 가난 때문이야 밤낮으로
밤낮으로 붙잡을 손들

아이들 벌써 트럭 짐칸에
올라가 있다 해맑다
햇볕 내리쬐고
나는 이삿짐을 꾸리면서
무엇을 버려야 할지 고민했다

3부
우리는 왜
멀리서 죽었을까

구름이 검다

길을 잘못 들었다
되돌아가지 않았다
그래서
비가 내렸다

굴다리 아래 소파가 있었다
네가 말했다
"저것은 레자 소파야"
나는 '비 내리는 레자 소파'가 되었다

네 엉덩이에서 점 같은 잎사귀가 돋아날 때면
당혹스러웠다
네가 자고 있을 때
너의 머리카락을 음미했다

바라보았다
아침을 맞이했다
숲의 나무들이 뭉개져 있었다
손가락이 참 가늘었다

올바른 나체

네가 너를 익명이라 소개했다

뭐라고 불러야 할까
이럴 때 과일은 노골적이다

좋아하는 색깔을 묻는다면
폭력적인 사람

너와 관련된 것은 개인적이다

세상에서 가장 야한 사진을 요구하고 싶지만

너는 나를 바라보며 자세를 잡고

단호하게
난간에 올라서며

뭐라고 불러야 할까
이럴 때 꽃은 상투적이다

신체의 일부는 아쉽고
그렇다고 전신은 부족한데

익명의 네가 단단해진다

은유는 실패하고

나는 너에게 다정해졌다

쌍생

초에 불을 붙이고
서로의 머리를 쓰다듬으며
우리는 채소 수프처럼
이를테면
구름과 갈색 말
밤마다 약을 삼키는 일

기절하고 싶다
내가 아프니까
싫지?

"조금 거북할 수 있어요 그런 기분으로 죽을 수도 있지
요 실컷 구역질하며 자신을 미워하세요"

회사에 출근하지 않으니
무척
편하다

우리의 새벽이 달린다 도로에는 죽음이 널려 있다 그것

은 희미한 빛을 내며 갑자기 사라진다 그것을 붙잡는 사람이 있다 몸에 축적된 그것의 경험이 우리의 삶을 바꿀 수 있다고 믿는 사람이 있다 "우리는 왜 멀리서 죽었을까?" 새벽이 말했다

"아기가 배 속에 있을 때 산모의 몸에선 두 개의 꿈이 충돌합니다 마치 빛과 어둠이 뒤섞이는 것처럼"

손가락 사이로
머리카락이 빠져나가고

"우리가 정차한 곳엔
바다가 펼쳐졌으면 좋겠습니다"

자주 연착되는 공황(恐慌)
오래된 성당
우리는 서로의 버릇처럼
깨진 항아리와
하얀 꽃처럼

"어떤 부분에서 노화는 인간의 사고에도 영향을 끼칩니다 오늘날에는 상상하지 못했던 많은 일이 벌어지고 있습니다"

이제 어떤 일이 일어나도
놀랍지 않을 것 같다

우리는 가끔 거리에서도 발작 증세를 보인다 뒤틀린 신체보다 곤혹스러운 것은 서로의 모습을 보며 희열을 느낀다는 것 그것을 숨기지 못하고 몸을 부들부들 떤다는 것이다

아픈 시간만큼
아프지 않은 시간이 두려웠고

촛농처럼
흘러내렸다

서로 웃으며

눈 감았다
떴다

아직도 우리는

앞으로 잘할 것

접이식 탁자를 펼쳐 놓자 네가 귀를 판다 귀이개가 깊숙이 사라지고 있다 찡그린 네 얼굴을 앨범에 꽂아 둔다

옆집 현관문에 귀를 댄다 어쩜 그렇게 이기적이니 복도가 깜깜하게 숨죽이고 있다

네가 귓속에 감추어 둔 귀이개를 보여 준다 자주 보여 줘 거참 신기해

탁자에 책을 덮어 두고 너는 뒤돌아 있다 낯선 뒷모습 침묵한다

벽에서 유리 깨지는 소리가 난다 바퀴벌레가 현관문 틈으로 들어간다 심야의 영화관에서 일할까 해

너는 서랍에서 철 지난 옷을 꺼낸다 입지 않는 건 집으로 가지고 갈 거야 베고니아 꽃잎에 벌레가 말라 죽어 있다

네 목덜미에서 붉은 반점이 피어오른다 언제 한번 이불

을 빨아 널어야 하는데 식수에서 소독약 냄새가 난다 날마
다 얼마씩 저축을 하면 행복해질까

　상영관 문을 닫아 두고 카펫 청소를 한다 간간이 비명
비명

기쁨과 슬픔을 꾹꾹 담아

미술관 구석에 쪼그려 앉아 속삭였다 내가 좋아하는 시야 나랑 함께 없어져 볼래?* 고스란히 녹음되었다 그때

창밖 바라보며 그런 적 있었다 눈 뜨면 네가 있었던, 부러 늦잠 자던, 쌓인 짐들을 단칸방 한쪽에 밀어 놓던

네 살갗이 내 살갗에 닿았다 길가에 스포츠 양말 한 켤레 버려져 있었어 그런 걸 보면 부질없지 않아? 너에게도 풀리지 않는 일이 있겠지

늦은 점심으로 무얼 먹을까 고민하다 더는 더러운 개수대를 방치할 수 없다, 개수대에 쓰레기를 버리지 말자, 박스는 접어서, 페트병은 구겨서 정리하자, 마음만 먹었다

읽지 않은 책은 읽지 않은 마음, 아니야, 그런 건 없다 책꽂이에 꽂을 수 없는 책들이 쌓여 있다 등이 보인다 궁리할 거리가 많은 등 젊음을 다 바친 등

우리는 아직 젊고 앞으로도 젊을 거야 그 때문에 고통

받을 거야 버는 돈이 적어서 요절 따위를 두려워해야 할
거야

　혼자서 할 수 없는 일은 많다 그중 하나가 사라지는 일
거기서 보았던 그림 기억해?

　나는 너와 손잡고 그림 앞에 오래 서 있었다

• 하나, 하고 둘, 하면 시작하자. 너 다음 내가, 나 다음 네가 번갈아 가며
또박또박 읽는다. 마치 그것은 의식 같다. 서로를 의지하고 돕겠다고, 기
쁜 일 괴로운 일 나누겠다고, 함께 살아가겠다고 맹세하는. 어떤 맹세는
깨질 걸 알면서도, 되뇐다. 「미완성 교향악」이 막바지에 이르고 있다.

천천히 말하기

우리는 새벽마다 마주 보았다 위로할 수 없었다 계단을 오를 때도 자주 넘어졌다 발목을 접질리고 바닥에 앉아 울었다 마음껏 울 수 있었다 절뚝이는 뒷모습이 근사했다

"어떻게 슬퍼해야 할까?"

사람들이 상여를 멨다 죽은 우리는 모르는 사람들과 함께 있었다 빳빳한 발가락처럼 식물들이 화분에서 말라 갔다 바스러지는 입술을 바라보며

푸드덕
푸드덕
검은 비닐봉지 같은 꿈

문틈으로 얼굴이 보이곤 했다 구름이 떠다니고 언덕 너머 오두막 굴뚝에서 연기가 피어올랐다 너는 기다란 식탁에 앉아 스푼을 만지작거렸다
쌀쌀해지고 동물 울음소리가 났다

손가락을 접었다 폈다
복도에서 소리가 날 때마다 잠깐 멈췄다

부서진 서랍장이 널브러져 있었다 벽에 기대 입 벌렸다
눈이 쏟아졌다 우리는 서로를 파냈다 거울 앞에 선 무용
수처럼
목 졸린 우리의 어머니처럼
깜깜한 사물들

발의 속은 비어 있었다

저녁에 관한 문제

비닐봉지를 입에 대고(너는 쪼그라들기 부풀기-흘러내리는)

*

"일행이신가요? 화장실 왼쪽 칸에서 괴상한 소리가…

거긴 손님이 입장할 수 없습니다"

(네가쫓아온다-골목으로들어가는계단을내려가는빌딩에들어
가는엘리베이터를기다리는음식을주문하는화장실에다녀오는의자
에앉아말하지않는-나를)

*

"잘못된 열차를 탔어
기다리지 말고 먼저 들어가 있어"

우리는 기도원에 가기 전
독한 약을 삼키고

서로의 등을 밀어 주었다

변기 물이 넘치고 압축기 손잡이가 빠르게 운동―구멍
으로 손을 깊숙이 집어넣는다 탁한
냄새 너는 젖은 손으로 음식을 만지며
곤충처럼 눈을 굴리고 있다

*

너의 팔목을 잡아당긴다―"그만 좀 자, 예배 시간이잖
아" 복도에선 정숙할 것 신자(信者)들이 우릴 둘러싸고
너는 붉어진 귀에 대해
나는 무너진 집에 대해

부푼 입으로
우리의 죄를 발음했다

(식칼을쥐고있다주저하고있다좁은어깨를지니고있다음식물냄
새가나고있다시들고있다주저앉아있다-붉은눈을가진-우리)

*

"송곳으로 양동이에 담긴 얼음을 깨고 있었지
우리가 작은 보트를 타고 국경을 넘을 때
우리의 머리를 향해 사냥꾼이 엽총을 겨눌 때"

언더독

노래방 반주 흐른다
노래 부르지 않고

네 귀에 속삭인다
슬픔 멈추지 않고

두 눈 감는
사진 한 장

땡볕에 빨간 고추들
바짝 마르고 있다

*

옆에서 어린 딸
내 손등 튀어나온 핏줄
누른다 피 멈췄다 다시
줄 부푸는 게 신기한 딸에게

아빠는 거리로 나가지 않겠다고
나도 어렸을 땐
다른 아이들과 똑같았다고

전철이 마장에서
답십리로 향했다

*

30년 동안 꼬박
은행에 돈을 갚아야
내 집이 될 텐데

집의 일부분이라도
소유할 수 있다면
나 잘 살 수 있다
셀러리맨으로

보고 있니

*

내심 내가 사라졌으면 했다
우리 서로 아프게 하고

테이블에 남은 술과 얼음
옆방에선
누군가 스스로 목을

그런
삶들
피붙이들

언더스로우

다리 포갠다 작은 욕조에서 마주 보고 낯선 목소리로
우리
　　모르는 사람의 외투를 훔쳐 입고 여행 떠나는 짐과 카트린

　　햄버거 같은 걸 먹으면 냄새가 차 안에 진동한다고요
　　코트에 마요네즈 묻은 줄도 모르고

　　저녁에 오징어 볶음 해 먹을까
　　배를 갈라 내장 꺼내면
　　땡볕 아래 길고 긴 골목

　　너는 보스턴테리어를 산책시키곤 했지
　　어디든 갈 수 있었지 두 손 모으고
　　기도문 왼다 나는 회사 앞에 맛있는 돈까스 집이 생겨
기쁜 사람

　　가죽 홀스터 속 권총―우리의 팔목이 사라지면 모든 게
끝날까 집주인에게 월세를 이체하고
　　철조망 너머 붉은 눈들 짐승의 형상을 한

삐쩍 마른 사람 너는 노트에 적힌 단어를 열심히 암기하는 사람 분수가 절벽처럼 아름답고
폭탄을 가득 싣고 적의 수도로 향하는 폭격기

일주일 동안 아무것도 먹지 못한 부랑자가 쓰러져 있다
봉고차 안이 조용하다 눈 감고 우리 어서 도착하길 이 시간이 끝나길 눈부시다
너는 나와 달랐으면 좋겠어 어금니 깨지지 않게 끼니 거르지 말고

나아지겠지 너와 내가 함께 자는 걸 손목에 걸린 머리끈이라고 하자 총구를 서로의 이마에 겨눈다 셀 수 없는 목숨이
다리 밑을 지난다
그런 예감이 들었다

인간의 시

매일 열다섯 시간 이상 모니터 앞에 앉아 있으면
경계가 희미해진다, 라고

출근과 퇴근
지하철 타고 버스 타고
죽음 다음 죽음
아무것도 변하지 않는

케이지 속 하얗고 귀여운 쥐를 위해

작은 엽서
한 면에는 그림이 있다
두 사람이 풍선을 들고 있다
백면에는 눌러쓴 글씨

나는 하나도 나아진 게 없다
하고 싶은 게 많았던 거 같은데
너는 아니라고만 하지

책 끝 모퉁이를 접었다 폈다
마음은 어디로 가는 걸까

편두통, 편두통
나는 희박하다 떠다닌다 내 콧등 좀 봐 빨갛게 변했어
핏줄 같은 게 터졌나 봐?—"귀댁의 관리비가 2개월 이상 체납
되어 있습니다 201×년 ×월 ×일까지 미납 시 관리규약 제15조
1항에 의거하여 단전 및 단수 조치를 합니다"

내가 하는 일의 대부분이 사실상 별 의미가 없다는 거
알아
그러니까 난 네가 좋아

너는 수영복을 입고 거울 앞에 선다 여름에는 휴가를
내고 바다에 갈 것이다

내가 현명한 사람이라면 어땠을까
벌써 깜깜해졌다

인간은 가끔 인간 자신을 쏟아 내곤 한다 그것은 아주 난해하다 울부짖음은 휘발성이 강하기 때문이다 언어 이전의 삶은 어쩐지 위험하다―선조들은 흙으로 벽을 세우고 볏짚으로 이엉을 엮어 올렸다 거기서 선조들의 가족과 가축이 살다가 죽었다 그로부터 수천 년이 지났다

　먼먼 과거, 라고 한다
　그런 과거에는 인간의 목이 열매처럼 매달려 있었고 벌건 물 뚝뚝 떨어졌다 장대 아래로 짐승들 모여들었다 아가리 벌렸다 머리칼 희게 변했다
　누구도 슬퍼하지 않았지만 절정에 오르기 전 페니스를 꺼냈다 불행해질 것은 뻔했으니까 서로의 복부를 닦아 내고 곯아떨어졌다
　나는 형제들과 숲으로 갔다
　어머니의 손을 나눠 잡고
　서로에게 닮은 곳을 발견하면 안도했다
　우리는 어머니를 사랑했고
　아무도 육손이 아니었다
　그러나 그런 과거는

멀고 먼 과거는 진흙투성이 숲

다리가 점점 어둠으로 변해 갔다 비탈에 섰을 때 불타
는 마을이 보였다 멀리서도 열매들이 빛나는 듯했다 금세
사라졌다

때때로 아파서 출근하지 않고

오후

아이들이 바깥에서 공놀이한다

통

통통

통통통

통

밀짚모자를 눌러쓴 이가 제초기 돌린다

위잉

위윙윙

윙윙

위이이잉

구둣방 의자에 앉아 햇볕을 쬐는

맨발은 감추지 말고

선풍기 돌아간다

탈탈탈탈

탈탈탈

탈

탈탈

카드 명세서에 적힌 금액을 보며

1.5리터짜리 빈 생수통들을 플라스틱 포대기에 담으며

노래 부르며

거울 앞에서 아령을 머리 위로 들어 올리며

붉어진 얼굴

용서받을 수 없는 일도 있다

이를테면

갈색 봉투가 우편함에 꽂혀 있고

무늬 없이 새하얀 종이에 적힌 네 글씨—"너를 보았어 앙
상한 너를 초원에 서 있는 너를, 네가 누군가를 겨냥하고 있는
걸 보았어, 그가 두 손으로 허벅지를 감싸는 걸 보았어" 한 칸
띄우고 희미하게 희미하게 "추신, 아무한테도 말하지 않았어"

일기장에는 좀비 이야기 조용히 앉아 있는 좀비 이야기 버스에서 지하철에서 극장에서 카페에서 모텔에서 출몰하는 좀비 이야기 사람을 해치지 않는 좀비 이야기 오싹하지 않다 그런 이야기

그것보다 우리 어디서 어슬렁거리다 올래? 딱히 할 게 없는 건 아냐 밀린 업무야 많지
강둑에 앉아 컵라면을 먹는다
저녁이 되었다

먼먼 미래, 라고 했다
그런 미래에는 내가 트럭 짐칸에 실려 있고 떠들썩한 엔진 소리처럼 울고 있을 것이다 어디까지 가야 하는지 몰라서
망나니 역할을 맡은 사람이 있고 그는 내 관자놀이를 노릴 것 45구경 권총 곧 탄환이 내 살과 뼈를 통과하고 피가 솟구쳐 흰색 와이셔츠를 물들일 것이다
그러나 사공은 선수에 서서 노를 젓는다 강물 차오르고 있다 나는 흘러내리는 얼굴로 녹이 슨 가슴으로 검붉은 뿌

리를 가진 나무로 살아남을 것이다
　마른 가지 흔들리고 이상하지 않다, 라고 중얼거리는 나

　베란다에서 옥상에서 소리 지른다
　불이야 불
　바쁜 나는
　바쁜 너희에게
　그런데 우리 먹고사는 데 돈이 필요하지 않다면 다정한
사람이 되었을까

　모니터 앞을 떠나지 않는 나에게
　아침 일찍 일어나 사람 가득한 지하철 타는 나에게
　이렇게 살고 싶지 않은 나에게
　긴긴 슬럼프야, 라고 말하는 나에게

4부
일상은
계속될 것

쓸모의 꿈

1

선(善)은 붉은 열매를 삼켰다

마을 사람들이 선의 머리카락을 잡아 연못에 빠트렸다

연못이 닭처럼 날뛰었다 사내애들은 부모 뒤에서 돌을 던지며 놀았다

영영 떠오르지 않았다

배 속의 것이 계속 자랐다

선의 배꼽은 연못의 눈이 되었다 살가죽이 두터워졌다

물질경이가 연못을 뒤덮고 처녀들은 혼기가 되면 그곳에서 멱을 감았다 바위에 숨은 사내들이 제짝을 골랐고

그곳 처녀들은 비상한 아이를 낳았다

2

아홉은 가죽 벗기는 일을 했다

작고 날카로운 수술칼로 귀밑에서 턱까지 베어 내고 살 틈에 손가락을 넣어 가죽 끝을 잡아당겼다

얼굴들이 작업대 한쪽에 쌓여 갔다

석류 알알이 문드러졌다

나머지는 박스에 담았다

박스 속에선

이것의팔이저것의다리같고그것의귀가가슴에붙어있고저것의숨이그것의등뼈를파먹고이것저것그것의목숨이활활타오르는데

아홉은 침을 삼킬 때마다 목이 아팠다

3

군이 벽을 향해 기관총을 쏘아 댔다

잔해에 휘발유를 뿌리고 불을 붙였다 여자와 아이들이 방직공장 문을 걸어 잠궜다 모든 어둠은 아이들을 사랑했고

총구에서 흩날리는 비를 피해 여자들이 기계 속으로 들어갔다

굴뚝에서 연기가 피어올랐다

아이들이 소총을 입에 넣고 숨을 골랐다 바람이 창을 두드렸는데

태초의 밤이 그러했다 빛 없이 깜깜한 눈동자

슬픔이 뚱뚱해지고 벼락

군이 짐승의 대퇴골을 쥐고 전장으로 돌진하고 있었다
눈동자가 보기에 흡족했다

4

무(霧)가 도로를 뒤덮고 있었다

비탄의 조상

어깨로 이루어진 곡선이 있다 곡선 너머 창(窓)이 있고
바깥에는 뭉개진 어깨들이 움직인다
　동력(動力)에 관해 의문을 가지는 어깨, 그들의 조상을
주느비에브라 부른다

　주느비에브는 교차하는 움직임 속에 존재한다
　흔들리는 손잡이처럼 긴 좌석에 앉아 있다 좌석의 끝은
보이지 않고 어깨들 사이 주느비에브의 어깨가 있다

　　접혀 있는 비밀
　　어깨로서 사소한 기록을 남기는 것
　　쏟아지는 속성을 가지므로

　가방 위에는 셀 수 없는 페이지가 널려 있다 숫자를 부
여받는 의식을 통해 부호(符號)를 사용할 권리를 얻는다
　주느비에브가 페이지를 쥐고 있다 펼쳐진 페이지와 펼쳐
지지 않은 페이지 그 계획된 공간에서 어깨와 곡선은 포개
지는 연습을 한다

어깨가 무너지고 바깥이 안으로 빠져나온다 주느비에브가 붕괴되고 다시 세워지는 깜깜한 창 너머

폭죽을 터트리는 어깨가 있다 여러 갈래로 갈라지는 불꽃 아래 몸을 흔들고 손을 뻗는 무리가 걷고 있다

　　서로의 눈을 가리고
　　서로의 어깨에 올라서는
　　사각의 비망록

찢어진 주느비에브는 나풀거리는 소리를 간직한다 주느비에브를 향해 쌓아지는 어깨들

우리는 얼굴이 사라진

　　색색의 폭죽이 멈춘
　　눈꺼풀이 감긴 점막
　　그것 주느비에브의 동력

죽음이라는 이상한 말

오래전 우리의 조상이 신의 손가락을 토막 냈다. 폭풍우가 새들의 눈처럼 깜깜했다. 토막 난 손가락이 생명을 얻었다.

아이들이 변소에서 자랐다. 창백했다.

남매들은 눈 감았다. 깍지 낀 손 위로 여러 개의 머리가 모였다. 여인들이 수풀 속에서 그들을 지켜보았다.

아이들은 배꼽이 없었다. 머리칼이 가슴을 가렸고

손바닥에 물이 고였다. 이끼로 뒤덮인 수목처럼 그들은 뒤엉켜 있었다. 어두운 성(城)의 비밀들:

그 무렵 시를 썼다. 길을 잃었다. 죽음을 상상하며 손톱을 다듬었다.

여자아이가 동생들을 보살폈다. 넓적한 돌을 모아 탑을 쌓았다. 지상에서 조금 멀어졌다. 그들은 핍박(逼迫). 여인들이 식탁에서 수군거렸으므로.

숲은 숲이었고

거리는 조용했다. 세상의 왕들이 취해 있었다. 남매들이

서로의 시를 돌려 읽었다. 까악-까악. 여인들이 남편의 얼굴을 내려다보듯

육체는 어둠 속으로 녹아내렸다.

동물들의 교성: 누이는 매춘부가 되었다. 형들은 군대에 갔다. 나는 숲에 남았다. 누이가 다리를 벌리는 동안 형들은 포탄에 맞아 산산이 조각났다. 나는 아무것도 하지 않았다. 수음의 밤이 이어졌다. 국경을 넘는 탈영병의 가죽—나는 누이가 되었다. 형들이 되었다. 시(詩)가 되었다. 죄가 되었다.

중얼거림이 문 앞에 서 있다. 남매들은 그것을 빚어 성을 세운다. 무너질 운명의 성. 무능의 성. 구원의 성.

그곳에.

모두 그곳에 있다.

하나의 통로

문 열면 깜깜하다 제자리에 사물들 있다
긴 터널
숨 혹은 상여소리
걸어온다 같은 표정 같은 보폭 터널 지난다

너희는 나무의 아이들 가지의 가지 허공의 가지
어디에든 올라타는 뛰어내리는
나무가 집어삼킨 아이들

나무가 나무를 지켜보았다
벼랑 위에서 햇빛 쪽으로 굽어 있었다
초록의 표정들:

여기는 내 구역이오 나는 어쩌다 이곳에 와 있소 땅은
척박하나 신경 쓸 일이 없으니 나무가 되기에 최적이오 물
론 나도 사람이었소
살아 있는

여자는 오븐에 음식을 넣는다 음식이 구워지는 동안 가

만히 서 있다 남은 시간 헤아리고 있다

저기 보이는 집이 우리 집이에요 네가 가리킨다
불빛 있다
발걸음이 그림자처럼 길어지고

의자에 앉았다 매미 소리 들렸다
아무것도 변하지 않고 그대로

왔던 길을 되돌아갔다

항간

너희 몸엔 귀신이 살고 있다
축축한 얼굴로 말을 더듬는다
너희보다 팔목이 가늘고 다리가 길다

베갯잇을 벗기면 누런 베갯속이 있었다 우리는 주말마다 수돗가에 모였다 빨랫비누로 베갯잇을 문지르며 숨을 오래 참았다

손과 뺨이 붉어질 때까지

"선별된 아이들의 행진이 시작됩니다
최전선에는 썩은 물고기들이 쌓여 있습니다
가뭄이 지속되고 있습니다"

마을에 불이 났다 연기가 풍선처럼 부풀었다 하늘에서 종이 울렸다 뜨거운 기름이 사방으로 튀었다

코트 입은 걸인들이 하수구를 점거했다 노래를 부르는 무리가 늘어났다 성자를 태운 택시가 도로에서 전복됐다 우리는 박물관을 향해 횃불을 던졌다

골목의 벽들이 무너져 있었다 마스크를 착용한 인부들

이 깨진 벽돌을 옮겼다
　　우리는 질문하지 않았고

　　청동으로 만든 기념비가 학교에 세워졌다

레드존

나는 어느 누구도 심판할 수 없다

폴이라고 적는다 그의 이름
폴은 어느 날 사라졌다 나는 그의 행방을 추적했다
우리는 친구였다 미니밴에서 같이 자는
창문을 조금 열어 두지 않으면 죽을지도 몰라
그가 말했다 우리가 잠들었을 때
차 안으로 비가 들어왔고 나는
몸을 더 웅크렸다 운전석에서 그는
핸들에 발을 올린 채 자고 있었다
서서히 젖을 테지 죽음 같은 건
그게 마지막이다

아무래도 폴은 어울리지 않고
볼리외가 좋겠다 그의 이름
볼리외는 산 중턱에서 발견됐다
그의 전부는 아니고
그의 몸통을 발견한 등산객은 실족했다
목숨은 건졌으나 오랫동안 시달리겠지
새파란 몸통을 볼리외라고 불러야 할까

얼마 후 학교 운동장에서
몸통 하나가 더 발견됐다
아이들이 나뭇가지로 찔러 보았다
그것을 마사오카라고 한다면
마사오카는 메모를 남겼고
그 메모는 그의 이름

마사오카는 가족과 살았을 때 고양이를 길렀다
그와 함께 고양이도 사라졌는데
그의 부모는 고양이를 찾아 나섰다
여자는 몸통 앞에서 어떤 기분이었을까
그녀는 빈방을 바라보며 거실에서 소주를 마셨다
고양이처럼
얼룩 고양이처럼

미겔은 천재였으므로
미겔이라고 해 볼까 그의 이름
죽지 않을 만큼만 다칠 수 있다면
미겔은 그러겠다 했다

회사 가길 지독히 싫어했는데
그의 책상 역시 지독히 지저분했다
이런 책상에서도 일할 수 있는 걸까
책상 가득 쌓여 있는 책들을 박스에 담다
사진을 발견했다 이제까지 그는 몸통이었는데
동료들과 웃고 있다

야구모자 푹 눌러쓰고
캐리어 끌며 어디론가 사라졌다 했다
거기에 그가 담겨 있을 거라 추측한다
이 기록만으로 그를 추적하는 건 불가능했고
누군가는 장롱 깊숙한 곳에 모자를 숨겼다

곰팡이 핀 벽지를 뜯어내고 페인트칠했다
얼룩들이 지워지고 벽은 새하얗다

그의 이름 호명될 때까지
그의 아름다운 팔과 다리는
묘목처럼 자라나고 있겠지

그의 이름

그의 이름들

믿어야 할 앞날

그날을 기억해. 내가 아버지를 향해 주먹을 휘둘렀지. 아버지는 슬펐다. 우린 소리 내어 울었고,

편지에 엄마가 죽어 버렸으면 좋겠다고 적었다. 그것을 문틈으로 집어넣었다.

달리는 택시에서 문을 열고 뛰어내렸다. 어머니가 나를 껴안았다. 우리는 굴렀다, 아스팔트, 아스팔트. 나는 다치지 않았어. 엄마, 괜찮아?

우린 행복했어.
정말?

나는 평범한 아이였지, 대소변을 가리진 못했지만,
(계단에서 웃다가 소변을 지리곤 했다, 소변이 나오지 못하도록 성기를 부여잡았지만.)
심성은 나쁘진 않았어.
아냐, 넌.

복도에 있는 창문으로 아랠 보면 풍경들은 나를 빨아들였다. 나는 몸을 기울이고 화단을 보았다. 그때 사라졌다면 나는 화분이 되었을 텐데,

고작

사촌의 돈을 뺏었다. 사촌은 멍들었다. 나는 그가 이르지 못하도록 단단히 일러두었다.

키가 큰 나의 사촌아, 훌륭한 사람이 되어라.

나는 쓸모 있는 형이고 싶었는데,

소중히 숨 쉬겠다는 선배의 문장을 보고 질투했다.

그러나 선배, 나는 선배를 많이 좋아했어.

친구가 필사한 시를 보고 화장실에서 울었다.

훈련소였고, 어두워지고 있었다. 우린 자동차 백미러를 부수고 다녔지. 하숙방 벽에 깨진 거울들을 전시했다. 우리를 지켜보던 거울들, 깨진 금들,

신은 나를 멸하려고 언어를 배우게 했다고,

그런 꿈 같은,

너와 함께 유럽에 가기로 했는데, 우리는 너무 바빴다.
뒤집힌 옷들이 구석에 박혀 있었다.
계속 나와 연인으로 남고 싶다면 슬픈 얘기를 해줘.
루브르박물관은 꼭 가보고 싶었어.

언제 어떻게 돼도 이상하지 않았는데,

사소한 유서

1

네 귓불 구멍 넓어진다 나는 구멍을 통과한다 너는 귓불
에 담배를 끼워 두곤 했지 놀이터 그네에 앉아 라이터 불
을 켰다가 껐다가 구역질을 하며 너를 받아들이고

의자에 앉아 귓불을 맡긴다 너는 책상에 팔꿈치를 올리
고 앉아 있다 송곳 끝이 달궈진다

창가에 앉아 콜라를 마셨지 네 손을 잡았던가 창밖의
사람들이 흘러 다녔어 넌 긴 터널이었고

경적이 울린다 횡단보도에 멈춘 승용차에서 네가 내린
다 뺨을 때린다 죽으려던 건 아니었어

다리를 건넌다 마른 강에서 너는 헤엄치고 있다 악취가
올라온다

2

자전거를 타고 10톤 트럭을 따라간다 나는 호루라기를
분다 멈추라고 했어 듣지 못했니? 항상 네 꽁무니를 쫓았
잖아

10톤 트럭이 손가락 세 개를 뭉갠다 삑 삑 나는 트럭 밑
으로 들어가 손가락을 줍는다 뼈 으스러지는 소리

듣지 못해 유감이야 눈 좀 봐 우습게 빨갛다?

네가 내 배를 가른다 손가락을 넣는다 너는 꿰매다 기침한다 좀 참지?

나는 공중전화 부스에서 너에게 전화를 건다 깨진 유리로 바람이 들어온다 차라리 죽을 걸 그랬어

문을 잠근다 책상에 일렬로 세워 둔 알약 숫자를 헤아린다

베란다 창문으로 건조대가 보인다 널린 속옷에서 물 뚝뚝 떨어진다

3

욕조에 물 받는다 변기에 네가 앉아 있다 가랑이 오므린다 보면 또 어떠니 락스물을 마셨는데 멀쩡하더라 다 누면 말해

엽서에 네 사진 붙어 있다 나는 화장대에 앉아 거울을 본다 엽서를 구긴다 손톱으로 손목 파낸다 베개 밑에 녹음기를 넣어 둔 거 알아 일부러 소리를 크게 냈지

난간에 기댄다 아래에 네가 있다 손을 흔든다 참 많구나 무수히 나를 지나쳤어

시장 골목에 의자가 놓여 있다 형광등 모두 꺼져 있다
네가 의자에 앉는다 사람들은 잠들어 있고

불운한 나를 상상하니?

밤나무 가지에 원피스가 걸려 있다 목이 꺾여 있다 밤
송이 떨어진다

아홉 번의 삶

다리 아래에서 악취가 올라왔다
아이들 강에 둥둥 떠 있었다
뒤집혔다

머리카락 빗겨 주던
부모들같이
강물은 조금씩 말라 갔다

사내가 떨어진 야구공을 공중으로 던졌다

손끝과 어둠
손끝의 어둠

죽은 사람들이 모여 사는 마을
그곳에 눈이 내렸다

아이들이 창문에 모여들었다

찬장을 열면 달콤한 비스킷이 있고

펜스 앞에 선 외야수처럼
입을 벌리는 꿈

손바닥이 누런 사내들이 일을 끝내고
타격 연습장에서 방망이를 휘둘렀다

탕,
탕
그들은 너무 높거나 낮게
그물에 걸렸다

어떤 아이들은 골목에서 캐치볼을 하며 놀았고
잃어버린 공을 찾으러
거리로 나섰다

이후

나는 너에게 불가능한 것을 아무렇지도 않게 얘기했다

이 버스의 도착지에서 네가 나를 기다릴 것만 같다

나는 자주 경련하는 사지를 주물렀다

너에겐 책임이 없다

색색의 마카롱이 상자 안에서 숨죽였다

너와 나는 하루씩 번갈아 가며 벽 쪽에 누워서 잤다

이곳의 유일한 기쁨은 벽을 마주하는 것

우리는 기쁨을 나누기로 동의했다

네 머리가 내 옆에 놓였다

네가 돌아오지 않았다

이처럼 잠잠한 시절은 다신 없을 거라고 예감했다

리얼리스트

의자에 앉아 커터 칼 꺼낸다
4B연필 길게 깎는다

벌거숭이 넷이 어깨에 가마를 지고 있다 일그러진 얼굴
들 숨 몰아쉰다 양손으로 가마 부여잡는다 쓰러지지 않도
록 어멈과 죽은 형제들 끝나지 않는다 이 삶 가마 위 거대
한 머리를 한 괴물 눈 부릅뜨고 이빨 드러낸다

이빨이 동맥 깊숙이 파고들 때 머리 셋 달린 왕은 눈 감
았다 다문 입속에 처녀들의 심장이 아직 뛰고 있다 여럿
부모가 그 앞에서 머릴 조아렸다

왕이 괴물 위에 올라탄다 가부좌를 튼다 수많은 손 펼
쳐 보인다 손바닥에 껌뻑이는 눈―형제들의 머리를 꿰어
목걸이를 만드는 왕의 장인들 긴 송곳으로 관자놀이에 구
멍 뚫는다 바닥에 놓인 양동이 피와 살점 가득 찬다 벽에
서 사람의 팔 무수히 돋아난다 무고한 팔들이여

누군가 기침

나무문 삐걱대며 열린다

                              *

미술관 닫혀 있다
울타리 너머 인부들 그늘에 앉아 있다
땀 흐른다

동자는 오늘 밤 이곳에 머물기로 했다 아침부터 쉬지 않
고 걸었다 호숫가에는 부랑자들이 모여 있었다 모두 맨발
이었고 거죽 사이로 늑골이 앙상했다 그중 하나 한쪽 무릎
세우고 세운 무릎에 양손 모았다 그 위에 턱을 괴고 생각
에 잠겨 있었다 할 수 있는 건 그뿐 동자는 바라보았다 검
녹의 호숫가를 큰스님 같은 사내를

큰스님은 죽음을 예감했었다 언젠가 한 번 딸 얘길 해
주었다 혼잣말 중얼거리듯 단편들 늘어놓았다 그중 기억
남는 건—도로에서 택시를 기다린다 쇠파이프 실은 1톤 트
럭 커브를 돌다 그대로

*

책상에 노트 한 권 펼쳐져 있다

그로부터 얼마 후 사내는 호숫가에 있다 사람들 호스텔
강당에서 무리 지어 술 마신다 몇은 춤춘다 몇은 목소릴
높인다 몇은 자릴 뜬다 술이 바닥나고

나는 지하실 계단을 내려간다
그 아래 죽은 형제들 불안 국가의 무능 브로커들의 은
밀한 언어 돈 빼앗고 복부에 칼 쑤셔 넣는 불한당

사내가 차를 몰고 마트에 간다
차가 언덕을 내려간다
멈추지 않고 상점 쇼윈도를 향해

라디오에선 어젯밤 사건
움푹 팬 나무 밑동 위에 어멈 앉아 있다

*

　담벼락에 박혀 있는 못 굵은 노끈 걸려 있다 개 한 마리 목매달려 있다 대롱대롱 개의 신음

　소년 창문으로 개를 지켜본다 죽은 듯 축 늘어졌다 이내 온 힘을 다한다 불쑥 창문 불쑥 창문들

　여러 개의 낯선 눈

　개의 항문에서 똥덩이 몇 개 뚝뚝 떨어진다

　서랍에 가위가 있었다

　험상궂은 조형들―신이 있다면 그 신은 그림자를 본떠 세상을 만들었겠지 그것은 그의 몸보다 작았겠지 그곳 사람들 낮에는 말라 죽고 밤에는 얼어 죽었겠지

　당최 우릴 빚은 이유가 뭐요

　밤낮으로 사랑하고 사랑하고

　비바람 멈추지 않는다

　언제든 추락할 수 있다

　도로 꽉 막혀 있다

*

김 선배는 나를 배신했다
나는 그와 다른 길을 갈 것이다

비가 쏟아졌다 파도가 선박을 집어삼켰다 흔들리는 삶
우린 작업실에서 죽으려고 했다 고통스럽지 않게 구조조정
이 있을 예정
　박 선배는 팔걸이가 없는 의자에 앉아 허리를 굽히고 나
에게 속삭였다
　나는 내가 아무도 아니어서 억울해
　엉엉 울었다

이번 달 카드값은 연체되었다 월세는 밀려만 가고 찬장
에 썩지 않을 통조림 속 음식
　그물에 걸린 미래를 건져 내기 위해 몸을 던져야 했는데

처형당했다 구경하기 위해 사람들 모였었다
　벽 맞대고 서 있던 여섯

도시의 아이들은 어릴 때부터 비참한 일을 겪게 마련이다

일상은 계속될 것

총성이 멈추면

*

비행기가 활주로를 달린다

무사히 이륙하겠지

착한 사람들

우울한 미래의 비망록

이경수(문학평론가)

1

최지인의 첫 시집을 읽다 보면 등단작과 최근작 사이의 먼 거리를 가늠하게 된다. 「돌고래 선언」을 비롯해 몇 편의 잘 짜인 시들을 통해 그가 새롭게 구축해 가고자 했던 세계가 등단 이후 방향 전환을 겪으며 달라졌다. 그 변화의 진폭이 상당히 커서 그의 시가 놓인 지반이 달라졌다고 해도 과언이 아닐 것이다. 최지인의 시를 읽으며 오늘날 청춘의 고백을 듣듯 가슴 한편이 저리기도 하고 서늘해지기도 했는데 그것은 아마도 등단 후 지금에 이르기까지 최지인 시인을 통과해 간 시간이 통증처럼 느껴졌기 때문일지도 모른다. 2013년 대학 재학 시절 등단한 이 파릇파릇한 시인을 지나간 4년의 시간은 그야말로 고통스러운 하루하루였을 것이다. 이십 대 청춘에게 부과된 삶의 무게가 버거웠을 것이고, 거기에 2014년 4월 16일 세월호 참사와 그 이후 기억 투쟁 과정의 한복판에 내던져진 오늘의 시인으로서 감당해야 할 존재의 무게가 더해졌을 것이다. 더구나 그는 가장 젊은 시인으로 그 기억 투쟁의 시간을 광장에서 버텨 왔으니 말이다. 그야말로 삶의 전위이자 시단의 전위에 서서 지난 4년을 살아온 셈이니 그의 시에 격변이 있는 것은 어쩌면 당연한 일이 아닐 수 없다.

단단히 응축되고 꽉 짜여 있던 그의 시는 이제 멀리 달아나 흩어져 버렸다. 응축의 미학이 확산과 전이의 미학으로 몸을 바꿨다. 여러 겹의 시간과 여러 타인들의 목소리가 최지인의 시에 자유자재로 들어와 흘러 다니다 사라지며 흔적을 남긴다. 통어된 하나의 목소리로는 더 이상 시인이 보고 듣고 경험하는 세계를 담아낼 수 없다. 등단하고 첫 시집을 내기까지 4년의 시간 동안 그에겐 돌이킬 수 없는 시간이 흘러 버렸다. 어쩌면 최지인의 첫 시집은 그 시간에 대한 고백이자 기록이다. 그의 첫 시집이 묵직한 통증을 유발하는 까닭은 바로 여기에 있을 것이다.

2

최지인의 시에서 두드러진 시적 주체는 가난한 유년 시절을 기억하거나 가난으로 점철된 유년 시절의 연장선 위에 놓인 지금-여기를 살아가고 있다. 최지인의 시를 읽다 보면 불행한 소년 시절을 겪은 후에 여전히 가난하고 불안한 청춘을 지나가고 있거나 가난한 젊은 부부로 살아가는 시적 주체와 자주 마주친다. 가난은 최지인의 시적 주체에게 지독하게 유전된다. 가난한 가족 사이에서 성장한 아이는 반항기를 거쳐 사랑하는 이를 만나 가정을 이뤘지만 부부는 여전히 가난하고 불안한 현실 때문에 종종 울기도 하며 살아간다. 최지인의 시가 그리는 우화적 풍경이나 일상의 풍경에는 문득문득 우리의 모습이 비친다. 파편적 풍경들로 이루어진 그의 시가 공감을 불러일으키는 힘은 아마도 여기에 있을 것이다.

어느 마을 사람들
대화하길 좋아한다
쉬지 않고 얘기하며
얇게 저민 수육 입에 넣는다
그릇 비면 음식 담긴
그릇 새로 나온다

외투들 벽에 걸려 있다

*

당신은 식당을 했었다
그 식당에서
오도독, 오도독
내가 자랐다

당신은 뚱뚱하고 육개장을 잘했지
나는 당신 품에서 잠들었던 거 같다
오래도록 쓰다듬었던 거 같아

알 수 있다 아이는
엉망이고 간혹
도로에서 발견됐다
노란 선까지 엉금엉금
기어가던 작은 손발

위험을 감수하며 산다는 거
찬란한 아홉과
아름다운 아홉
병원에 있던 당신을 보았지

당신 손잡고 서 있었다 나는
주검 위 작은 새 골몰히
생각하는 에메랄드그린

나의 잘못을 고백하지 않았다면
나는 좀 더 편안한 사람이 되었겠지
당신과 다투지 않았다면
다정한 사람이 되었겠지
울지도 기쁘지도 않았겠지
평온했겠지

목매 죽은 삼촌의 손
창틀에 늘어져 있었다

약을 달이는 시간 동안 나는
당신 손톱을 만져 주었다
죽음은 고무대야에 담긴
도라지와 파, 쑥과 검은 콩
잠이 들면 멀리서 온 새 떼가
온몸 쪼아 대고

열심히 일하길 바라네
자네는 고민이 많은 게 흠이라네

임금체납이 불가피하고 나는
지하철 타고 무사히 출근했다

식구들 모여 있었다
두루뭉술
당신 발이 차가웠다

— 「이리」

시적 주체의 유년을 구성하는 풍경을 마치 우화처럼 펼쳐 놓은 시이다. 식당을 하는 당신과 그 식당에서 자란 유년의 나, 그리고 쉬지 않고 얘기하며 수육을 먹어 치우는 마을 사람들이 유년의 풍경을 구성하고 있다. 첫 번째 장면은 시의 주체가 기억하는 식당의 풍경을 보여 준다. 대화하길 좋아하는 마을 사람들은 수시로 무리 지어 식당에 자리 잡고 앉아 쉬지 않고 얘기하며 얇게 저민 수육을 입에 넣곤 했다. 화자에게 각인된 어린 시절 식당의 이미지는 이런 것이다. 그릇이 비면 음식이 담긴 그릇이 새로 나왔고 외투는 오래 벽에 걸려 있었을 것이다. 이 풍경은 어딘지 육식성의 이미지를 풍긴다. 둘러앉아 끊임없이 이야기를 소비하며 수육 같은 음식을 먹는 마을 사람들의 모습 때문이기도 하고 "뚱뚱하고 육개장을 잘했"다고 화자가 기억하는, 식당을 했던 "당신" 때문이기도 하다. 물론 중의적으로 읽히는 시의 제목도 육식성의 이미지에 기여하고 있다. 시의 두 번째 부분에는 당신과 얽힌 여러 기억의 조각과 현재의 "나"가 섞여 있다. 식당을 하는 당신에게 맡겨져 자란 아이는 "엉망이고 간혹/ 도로에서 발견"되기도 했다. "노란 선까지 엉금엉금/ 기어가던 작은 손발"만큼이나 위태로운 양육 환경이었을 것이다. 손님들로 늘 분주하고 음식 냄새가 배어 있는 곳. "그 식당에서/ 오도독, 오도독/ 내가 자랐다". 손님이 남긴 음식을 주워 먹는 일쯤은 일상이었을지도 모르겠다. 식당 문을 닫고 어둠이 밀려들면 그제야 당신은 나를 품에 안고 "오래도록 쓰다듬었"을 것이다. 어쩌면 그 시절부터 '나'는 "위험을 감수하며 산다는" 것의 의미를 깨달았는지도 모르겠다. 그리고 세월이 흘러 "병원에 있던 당신을 보았"던 기억이 시에 삽입된다. "약을 달이는 시간 동안 나는/ 당신 손톱을 만져 주었다". '나'에게 "죽음은 고무 대야에 담긴/ 도라지와 파, 쑥과 검은 콩"의 이미지로 각인되어 있다.

자세한 사연은 알 수 없지만 당신의 병과 죽음은 "목매 죽은 삼촌의 손/ 창틀에 늘어져 있었"던 사건과 무관해 보이지 않는다. 최지인의 이번 시집에는 죽음의 이미지가 가득한데 그것은 종종 손과 손톱의 이미지와 만난다. 죽음 앞에 놓인 당신과 마주한 병원에서 최지인 시의 주체는 "당신 손잡고 서 있"는다. 생을 더 이어가도록 잡아 주지 못한 삼촌의 손과 당신의 임종을 지키며 잡아 준 손. 아마도 그것이 죽음의 원초적 체험으로 최지인 시에 각인되었는지도 모른다. 죽음은 최지인의 시에서 그렇게 안타까움과 애도의 이미지를 얻는다. 죽음 앞에 선 이들이 대개 그렇듯이 화자도 죽음을 앞둔 당신에 대한 죄책감에 후회의 말을 남긴다. "나의 잘못을 고백하지 않았다면/ 나는 좀 더 편안한 사람이 되었겠지/ 당신과 다투지 않았다면/ 다정한 사람이 되었겠지". 평온함과는 거리가 먼 지금의 감정 상태와 당신과의 관계를 후회해 보지만 소용없음을 화자 또한 알고 있을 것이다. 현재의 '나'는 어떠한가? "임금 체납이 불가피하고" "지하철 타고 무사히 출근"하는 나날을 보내는 지금-여기의 '나'의 현실도 우화처럼 그려진 주체의 기억 속 시간과 별반 다르지 않다. "열심히 일하기 바라네/ 자네는 고민이 많은 게 흠이라네"와 같은 숱한 조언의 말들이 젊은 세대를 향해 쏟아지지만 위안을 가장한 착취일 뿐 임금 체납이 불가피한 '나'의 현실을 바꾸는 데는 아무런 도움도 되지 않는다. 살아 있어도 죽음 가까이 있는 것 같은 일상의 풍경이 최지인의 시 곳곳에서 펼쳐진다.

군이 벽을 향해 기관총을 쏘아댔다

잔해에 휘발유를 뿌리고 불을 붙였다 여자와 아이들이 방직공장 문을 걸어 잠갔다 모든 어둠은 아이들을 사랑했고

총구에서 흩날리는 비를 피해 여자들이 기계 속으로 들어갔다

굴뚝에서 연기가 피어올랐다

아이들이 소총을 입에 넣고 숨을 골랐다 바람이 창을 두드
렸는데

태초의 밤이 그러했다 빛 없이 깜깜한 눈동자

슬픔이 뚱뚱해지고 벼락

군이 짐승의 대퇴골을 쥐고 전장으로 돌진하고 있었다 눈
동자가 보기에 흡족했다

— 「쓸모의 꼴」에서

시적 주체의 유년과 먼 과거를 구성하는 기억 속에는 죽
음의 흔적이 드리워져 있다. 그것은 개인사적 경험으로서
의 죽음뿐만 아니라 우리가 통과해 왔거나 여전히 멈춰 서
있는 현대사의 비극적 죽음을 종종 환기한다. 이번 시집에
서는 총을 쏘는 군인들의 이미지나 다리 밑에 버려진 시체
들이 포개져 있는 이미지를 종종 볼 수 있는데 이것은 어
김없이 1980년 5월 광주를 떠올리게 한다. 그러나 한편으
로 우리 현대사에는 군인이 민간인을 학살하는 비극의 순
간이 여러 차례 있었다. "군이 벽을 향해 기관총을 쏘아"대
는 장면이나 "여자와 아이들이 방직공장 문을 걸어 잠"그
는 장면은 공권력이라는 이름으로 무고한 시민들을 학살했
던 우리 현대사의 순간들을 떠올리게 한다. "죽은 사람들
이 모여 사는 마을"에 눈이 내리는 장면이나 "아이들이 창
문에 모여"(「아홉 번의 삶」)드는 모습이 무엇을 환기하는지
도 분명하다. 그러나 최지인의 시는 지난 시절의 리얼리즘

시가 말하는 방식을 비켜가고자 한다. 그가 「쓸모의 꼴」의
마지막 장면을 "무(霧)가 도로를 뒤덮고 있었"던 안개에 싸
인 분위기로 끝내거나 「아홉 번의 삶」에서 야구라는 알레
고리를 빌려 오는 까닭도 거기에 있을 것이다.

누벨바그의 거장 프랑수아 트뤼포 감독의 영화 「400번
의 구타」(1959)에 등장하는 앙트완과 르네처럼 "도로에 뛰
어"들고 "2차선 도로에 누워 있"고 "어깨를 거칠게" 떨고
"욕설을 내뱉는"(「400번의 난장」) 등의 일탈을 일삼으며 새
로운 세대의 시적 선언을 하고자 했던 젊은 시인은 '400번
의 난장'을 시도해 보기도 전에 현실의 무게에 압도되어 새
로운 언어를 획득하게 된다.

　　책상에 엎드려 자는 목요일
　　날씨가 무척 좋구나 근교의 공원에서
　　돗자리 깔고 김밥 한 알
　　우물우물 뛰노는 아이들
　　저기 물 좀 줄래? 아침이면
　　끝날 거야 양치하고
　　옥상에서 바람 쐴 수 있을 거야

　　수고가 많다고 부장이 격려했다
　　늙지 않고 살 수 있다면 소주와 맥주를 섞어
　　실컷 마시자 옛날에 당신 참 다정했는데

무엇이 문제일까 가끔 나는 내가 사라지는 꿈을 꾼다
내가 없는 세계에선 모든 게 평온해서

배 타고 지구 한 바퀴
죽은 사람의 얼굴로
초인종 소리
초인종 소리

(중략)

조직 개편이 있을 거래
벌써 몇 명은 그만둘 건가 봐
나는 괜찮아 아직

형광색 조끼 입은 사내들
길가에서 담배 태운다
포클레인이 4층 빌라 벽을 두드린다
주저앉고 있다

내가 너로 태어나지 않아 다행이다
말하지 않아도 아는 것들이 있다

—「병상」에서

6개 부분으로 나뉜 시의 두 번째와 다섯 번째 부분이다. "잠들 시간 가게 문 닫고/ 매장 바닥 닦는/ 부부의 삶"이나 "내가 없는 세계에선 모든 게 평온해서" 가끔 "내가 사라지는 꿈을" 꾸는 사람이나 "조직 개편"을 앞두고 괜찮을 거라 말하면서도 불안해하는 사람들이나 병상에 있기는 매한가지다. "막다른 길"에서 "내가 없는 세계"를 늘 생각하며 사는 삶과 우리의 인생은 과연 얼마나 다를까? 최지인의 시는 기본적으로 이러한 질문을 품고 있다. "지난날은 악몽이었다"고 말하는 아내의 목소리를 빌리지 않더라도 악몽은 지금-여기에서도 계속되고 있음을 알 수 있다. "수고가 많다고" 격려하는 부장의 목소리가 한편으로는 무엇을 의미하는지 너무 잘 알고 있는 '나'는 "소원을 빌"어야만 일상을 견딜 수 있다. "강 밑으로/ 더 밑으로 너와 나/ 가라앉는다면/ 바닥에 둘만 남는다면"이라는 상상을 하며 간신히 견디는 일상을 사는 '나'는 "꼬리를 흔"드는 개처럼 "뒷발로 서서 안아 달라고" "우리의 미래"를 안아 달라고 할 수 없음을 안다. "조직 개편이 있을 거"라는 소문이 돌 때마다, 구조 조정의 바람이 몰아칠 때마다 언제까지고 "나는 괜찮아 아직"이라고 말하며 버틸 수는 없음을 너무 잘 알고 있다. 끊임없이 경쟁을 유발하며 일부를 도태시키는 이 구조에서 나사의 일부로 살아가는 사람들은 "내가 너로 태어나지 않아 다행이다"라고 입 밖에 내어 "말하지 않아도 아는 것들이 있다". 사람이 사람에게 어떻게 그

럴 수 있느냐는 말 따위는 통하지 않는 비정한 세계에 던
져졌음을, 그리고 여기에서 벗어날 길이라곤 도무지 보이지
않음을 최지인의 시적 주체는 이미 알고 있다.

3

　저성장 시대를 살아가는 이 땅의 청춘들에게 부모로부
터 유전된 가난은 한 치 앞을 볼 수 없는 미래와 그로 인
한 불안과 마주하게 했다. 그/녀들의 부모 세대는 그/녀들
의 행복과 안위를 위해 평생을 헌신했지만 저성장 시대를
살아가는 자식 세대의 그/녀들은 부모 세대에게 해 줄 수
있는 것이 아무것도 없는 것은 물론이고 자신들을 위해서
도 할 수 있는 것이 거의 없다. 비정규직으로 평생을 살아
야 하는 미래가 강제적으로 이들에게 주어졌다. 최지인의
시는 자기 세대가 처한 현실과 불안한 미래에 대해 지속적
으로 말한다.

　　아버지와 둘이 살았다
　　잠 잘 때 조금만 움직이면
　　아버지 살이 닿았다
　　나는 벽에 붙어 잤다

아버지가 출근하니 물으시면
늘 오늘도 늦을 거라고 말했다 나는
골목을 쏘다니는 내내
뒤를 돌아봤다

아버지는 가양동 현장에서 일하셨다
오함마로 벽을 부수는 일 따위를 하셨다
세상에는 벽이 많았고
아버지는 쉴 틈이 없었다

아버지께 당신의 귀가 시간을 여쭤본 이유는
날이 추워진 탓이었다 골목은
언젠가 막다른 길로 이어졌고
나는 아버지보다 늦어야 했으니까
아버지는 내가 얼마나 버는지 궁금해 하셨다

배를 곯다 집에 들어가면
현관문을 보며 밥을 먹었다
어쩐 일이니 라고 물으시면
뭐라고 대답해야 할까
외근이라고 말씀드리면 믿으실까
거짓말은 아니니까 나는 체하지 않도록
누런 밥알을 오래 씹었다

그리고 저녁이 될 때까지 계속 걸었다

—「비정규」

　"잠잘 때 조금만 움직이면" 살이 맞닿을 정도로 비좁은 방에서 "아버지와 둘이 살았"던 "나는 벽에 붙어" 자야 했다. 부자간에 유전되는 것은 가난만이 아니다. 개천에서 용 나는 일 따위 옛말이 되어 버린 시대엔 비정규 인생도 유전된다. 아버지는 나의 출근을 걱정하고 나는 늘 오늘도 늦을 거라고 거짓말을 하고는 골목을 쏘다니다 집에 들어간다. "아버지는 가양동 현장에서" "오함마로 벽을 부수는 일 따위를 하"며 "내가 얼마나 버는지 궁금해"하고 나는 일정하게 출근할 직장이 없는 비정규 인생을 살아가고 있다. 현장에서 벽을 부수는 일을 하는 아버지도 비정규 노동자이지만 "세상에는 벽이 많았고/ 아버지는 쉴 틈이 없었다". 기술이 있는 아버지에겐 일이 끊이지 않는데 아버지 세대가 헌신해 공부시킨 '나'의 세대에겐 정작 주어진 일이 없다. "배를 곯다 집에 들어가면" 혹시나 일찍 들어온 모습을 아버지에게 들킬까 마음 졸이며 "현관문을 보며 밥을 먹"어야 하는 것이 나의 신세이다. 저녁이 될 때까지 계속 걸어 다니다 집에 늦게 들어가는 나의 모습은 IMF 외환 위기 때 직장에서 정리 해고당하고 그 사실을 집에 알리지 못해 날마다 출근 시간에 나와 거리와 공원을 방황하던 중년 가장들의 모습을 연상시킨다. 이제 대학을 졸업하고도

정규직에 취업하기 힘들어진 청년 세대가 비슷한 모습으로 거리를 떠돌고 있다. 최지인의 시는 그런 청년 세대의 모습을 체험에서 우러나온 진정성으로 담아내고 있다. 최지인의 시에 자주 모습을 드러내는 비정규직 청년 주체는 대개 부모의 헌신으로 키워진 세대이지만, 저성장 시대를 맞으면서 경제적으로 독립하지 못한 채 청년기를 오래도록 유예하며 살아가고 있다. 아니, 죽어 가고 있다.

횡단보도를 건너는데 트럭이 속도를 줄이지 않았다.

카페테라스에 놓인 철제 의자는 조금 녹슬었다. 녹슨 의자라니, 딱하기도 하여라!

파란색 배경 앞에 있으려니까 입술이 제멋대로였다. 입술을 가지런히 놓아두면 눈과 코가 달아났다. 귀라도 얌전하니 다행이었다. 사진사가 셔터를 눌렀다.

인사 담당은 당황하겠지. 이런 부류는 녹슬지도 않는다며 흉을 볼 거야.

비탈길이 무서웠지만 비석 옆에선 대담해졌다.

어릴 적 살던 집에선 사람들의 오가는 발이 보였습니다. 그

발을 보며 자랐습니다. 그 아이는 자라서 한 공원을 산책했다. 모름지기 프로의 산책은 사무적인 법.

공원에 있는 벤치는 여든일곱 개, 그중 스물세 개는 등받이와 팔걸이가 있었고, 서른한 개는 등받이와 팔걸이가 없었고, 열네 개는 망가졌고, 아홉 개는 사라졌고, 나머지는 실수였다.

죄를 고백하고 죗값을 치렀을 땐 이미 늦었다.

몸통이 날아올랐다. 긴 시간, 찌그러진 범퍼를 보았고, 트럭 운전수의 표정을 따라했다.

푹 하고,
바닥에 눈이 쌓였다.

— 「이력서」

평생 비정규직으로 떠돌 수도 있는 운명을 타고난 오늘의 청년 세대는 수백 통의 이력서를 넣어 본 경험을 대부분 가지고 있다. 수백 통의 이력서를 작성해 지원했다는 것은 그만큼 여러 번 떨어져 봤다는 뜻이기도 하다. 이력서는 말 그대로 살아온 이력을 요구하는 서류이지만 취업을 위해 회사나 조직에 제출하는 경우가 대부분이다 보니 사실상 이력서에 담기는 것은 학력과 쓸모 있는 경력, 자격증 따위이다. 학력과 경력으로 기록에 남아 있지 않은 정보는 이력서에 기재될 자격을 지니지 못한다.

이 시의 주체가 기록하는 이력서는 그런 점에서 사뭇 다르다. 프로필 사진에도 좀처럼 가지런한 모습은 담기지 않고 "입술이 제멋대로"거나 "눈과 코가 달아"나는 상태의 사진이 녹슨 의자를 배경으로 찍힐 뿐이다. 인사 담당자가 좋아하지 않을 사진이라는 것을 알면서도 "비석 옆에선 대담해"지는 자세를 취해 본다. 이 청년 세대는 나락으로 떨어지는 것에 대한 공포를 지니고 있으면서도 동시에 삶이 늘 죽음 가까이에 있다 보니 죽음 앞에서는 대담해지기도 한다. 아이는 "사람들의 오가는 발"을 보며 자랐고 지금은 "한 공원을 산책"하며 공원에 있는 벤치의 개수와 상태를 관찰하는 어른이 되었다. 공원에 있는 벤치가 몇 개인지, 그중 몇 개에 등받이와 팔걸이가 있는지 몇 개가 망가졌는지 저토록 상세히 파악하고 있다는 것은 그만큼 공원에서 보낸 시간이 오래였음을 보여 준다. 오랫동안 할 일 없이 멍하니 공원에 앉아 시간을 보내지 않았다면 벤치에 관심을 두게 되지는 않았을 것이다. 호락호락하지 않은 인생은 시의 주체에게 "죄를 고백하고 죗값을 치렀을 땐 이미 늦었"음을 일러 준다. 이력서를 내고 떨어지는 실패의 과정을 수도 없이 반복하다 보면 그런 생각을 하게 될 것도 같다. '이번 생은 망했다'는 말이 젊은 세대를 중심으로 유행하는 까닭도 비슷한 이유에서일 것이다.

시의 마지막 장면은 첫 장면과 이어지며 교통사고의 현장을 보여 준다. "푹 하고,/ 바닥에 눈이 쌓"이듯 느닷없이 속도를 줄이지 않고 돌진하는 트럭에 받쳐 "몸통이 날아올"라 곤두박질치는 신세가 되기도 하는 것이 인생임을 보여 주려는 것일까? 어쩌면 이력서를 내고 미끄러지고를 반복하는 일 또한 바닥에 고꾸라지는 체험이라는 점에서 일종의 교통사고와 비슷할지도 모른다. 삶의 한순간 느닷없이 죽음과 마주치게 되는 것이 인생의 아이러니이기도 함을 최지인의 시는 넌지시 보여 준다.

미래 같은 건 필요 없다
이것은 미래가 아니다
덧붙임이라고 해 두자
사람 죽으면 그 영혼이 떠돌아다니는 것처럼

다리 밑에 버려진 시체들 포개져 있다
네가 스케이트보드 타고 도로를 질주한다

나는 너와 횡단보도 앞에 서 있었다
너를 올려다보며 내가 아는 모두를 얘기했다
불빛이 바뀌자 너는 버스정류장으로 뛰어갔는데

어쩔 수 없는 일이 있다

사람 힘으로

불 꺼진 공장 공터에 자동차 세워 두고
너와 햄버거를 나눠 먹었다
라디오 볼륨 높이고
보닛에 걸터앉았다

60억 명의 사람이 숨 쉬고, 느끼고, 살아가고 있어
오늘 500명의 어린이가 굶고, 겁내고, 죽어가고 있어[*]

내게 말해 줄래? 나는 일했고
월세 내고 남은 돈으로
식료품을 샀다 냉장고에는
썩어 가는 반찬들 가득 아침으로
식빵 먹다 뱉었다 에메랄드색
곰팡이가 피부병처럼 번져 있었다
생수로 입 헹구고

불쌍한 요릭이 말했다
나와 결혼해 줄래?

네 손바닥에 큐빅 귀걸이
나는 지포로 옷핀을 달구고

후회하지 않겠어?
귓불 잡고 뚫는다
살 찢어지는 소리
귀걸이 한 쌍 네 귀에 달렸다

새도, 숲도, 별도, 달도, 그 아이도
다정한 지구는 기억하고 있어 **

공장이 무너지면
나라도 망할 거란 동료의 말에
그런 조국은 망해도 좋다 생각했다
가난해지겠지 더
가난해지겠지

공터에는 집이 지어질 것이다
거기선 아무도 죽지 않는다

못이 삐뚤게 박혔다
이마에 파리가 앉았고
손을 저어도 날아가지 않았다

* , ** Radwimps, 「祈跡」.

나는 너의 부피를 상상할 수 있다

　　　　　　　　—「검은 나라에서 온 사람들」에서

　밀크카라멜을 까먹다가도 단칸방을 떠올리고 불 꺼진 공장 공터에 자동차 세워 두고 너와 햄버거를 나눠 먹는 일상의 풍경 속으로 불쑥불쑥 끼어드는 것은 가난과 죽음의 이미지이다. 이 가난에는 낭만이 들어설 자리가 없다는 점에서 가난 또한 죽음의 풍경에 가깝다. 마치 냉장고에서 "썩어 가는 반찬들"과 식빵에 핀 "에메랄드색/ 곰팡이"처럼.

　최지인의 시에서는 비정규직 청년 세대의 비명과 절규가 들려온다. 시적 주체가 그리는 미래는 "검은 나라에서 온 사람들"로 채워져 있다. 죽음의 풍경으로 채색된 미래는 온통 검은색으로 가득하다. 냉장고엔 썩어 가는 반찬들이 가득하고 밥 대신 선택한 식빵에는 에메랄드색 곰팡이가 피부병처럼 번져 가고 있다. 다리 밑에 버려진 시체들이 포개져 있는 광경이나 썩어 가는 음식으로 가득 찬 냉장고의 모습이나 별반 다르지 않다. 시체들이 포개져 있는 풍경은 현대사의 비극을 환기하기도 하지만, 다른 이들을 짓밟으며 살아가도록 구조화된 사회에서 사실상 우리 모두는 포개져 있는 시체 속에서 살아가고 있는 셈이다. 지구상에는 여전히 500명, 아니 그 이상의 어린이가 배고픔과 공포에 질려 굶어 죽어 가고 있지만 개명된 현대사회에서도 속수무책일 뿐이다. "공장이 무너지면/ 나라도 망할 거란" 말은 비단 동료의 것만은 아니다. 자본가들의 논리가 언제나 그러했고, 기득권의 논리가 그러했다. 이에 대해 최지인의 시적 주체는 단호하게 말한다. "그런 조국은 망해도 좋다 생각했다"고. "가난해지겠지 더/ 가난해지겠지"는 이 세대에게는 엄살이 아닌 현실이 되어 버렸다. 그렇다고 절망만 하는 것은 아니다. "후회하지 않겠어?"라는 물음은 두려움을 숨기지 못하지만 "살 찢어지는 소리"를 견디며 "귀걸이 한 쌍"을 달듯이 래드윔프스의 노래 「기적」을 빌려 시의 주체는 실낱같은 기적을 바라고 있다. "공터에는 집이 지어질 것이"고 "거기선 아무도 죽지 않는" 그런 곳을 여전히 꿈꾸고 있는 것인지도 모른다. 한 치 앞도 가늠하기 힘든 현실을 살아가면서도 일을 그만둘까 말까 고민하고, 교통비를 아끼기 위해 자전거로 출퇴근하고, 좁은 공간 때문에 책을 박스에 담아 버리고, "호프 한 잔/ 감자튀김 작은 거"를 시킬 때도 가격을 가늠해 본다. 하고 싶은 것과 해야 하는 것 사이에서 늘 고민하고 선택할 수밖에 없는 자기 세대를 "궁지에 몰린 사람들"(「한 치 앞」)이라 인식하고 있다. "쉬지 않고 일해서" 슬프고 "나에게 헌신"한 부모를 지녔지만 "나는 그러질 못"하는 세대가 자기 세대임을 그는 누구보다 잘 알고 있다. 그래서 더욱 "유명해지고 싶었다"(「개와 돼지의 시간」)고 최지인 시의 주체는 고백한다.

4

유년의 체험과 광장의 체험을 통해 비정규 청년 세대의 딜레마를 정확히 인식한 최지인은 첫 시집을 통해 시적 갱신을 이룩한다. 그의 등단작 「돌고래 선언」에서 시집의 3부와 4부에 실린 「인간의 시」와 「리얼리스트」에 이르는 먼 거리는 그렇게 형성된다. 단단하고 매끈한 시적 주체의 선언은 훨씬 결이 복잡한 삶의 자리로 이동했다. 언어의 갱신을 통한 새로운 시적 주체의 선언이라는 앞서의 자리를 이미 통과해 나아간 자리이기 때문에, 그리고 응축과 확산이라는 언어의 성질 변화로 인해 원래의 자리로 다시 돌아갈 수는 없을 것이다. 최지인의 시가 열어젖힌 시의 몸이 자유로워진 만큼 더 넓어지고 깊어지기를 바라며 그 거리를 가늠해 본다.

손과 죽음을 사슬이라 부르자. 그들이 손가락을 걸고 있는 모습을 엉켜 있는 오브제라 부르자. 그들은 손가락을 쥐고 엄지와 엄지를 마주한다. 구부러진 몸이 손을 향해 있다. 손이 죽음을 외면하는 것을 흔적이라 부르자. 빠져나갈 수 없는 악력이 그들 사이에 작용한다. 손이 검지와 중지 사이 담배를 끼우고 죽음은 불을 붙인다. 타오르는 숨김이 병원 로고에 닿을 때 그들의 왼쪽 가슴은 기울어진다. 손에 입김을 불어넣어 주자. 손이 기둥을 잡음으로써 손은 기둥이 되고 그것을 선(善)

이라 부르자. 죽음이 선의 형상을 본뜰 때, 다리를 반대로 꼬아야 할 때, 무너질 수 있는 기회라 부르자. 사라진 손을, 더듬는 선을, 부드러운 사슬을, 죽음이라 부르자. 그들의 호흡이 거칠어지면 담뱃재를 털자. 흩어짐에 대해 경의를 표하자.

—「돌고래 선언」

등단작에서부터 최지인의 시적 주체는 야심차게 선언한다. 새로운 언어로 새로운 방식의 말하기를 선언하는 주체의 자리에 그는 기꺼이 서고자 한다. 흥미로운 것은 이 선언이 선동성과는 거리가 먼 청유형으로 이루어진다는 데 있다. 'A를 B로 부르자'라는 문장 형식을 반복하는 청유형 선언은 언어의 자의성에 기댄 임의의 약속처럼 보이지만 그렇다고 의미를 생산하지 않는 것은 아니다. 이 시에서 시도하고 있는 새로운 명명법은 기성의 언어 질서를 따르지 않으며 새로운 질서를 만드는 행위이자 선언이라고 할 수 있다. "손과 죽음을 사슬이라 부르자"라는 문장으로 시작된 이 시에는 '사슬-손가락을 걸고 있는 모습-구부러진 몸-빠져나갈 수 없는 악력-기둥을 잡은 손-담배연기로 만들어내는 도넛 모양의 사슬' 등으로 이어지는 사슬의 이미지와 외면하고 기울어지고 무너지고 흩어지는 이미지가 중첩되어 있다. 장례식장에 와서 병원 로고를 바라보며 담배를 피우고 있는 상황으로 보이기도 하는데, 여기서 손과 죽음이 사슬로 연결된다는 점은 눈여겨볼 필요가 있다. 어쩌면 이것은 최지인의 시적 원천의 자리이기도 한데, 이 의미의 사슬이 흩어짐으로 연결된다는 점이 흥미롭다. 담뱃재를 터는 행위와 연기의 흩어짐, 담배를 피우러 모여든 사람들의 흩어짐, 그리고 죽은 영혼이 육신에서 빠져 나가는 행위와 장례식장에 모여든 사람들이 일상으로 돌아가는 것 또한 흩어짐으로 볼 수 있다. 새로운 언어를 구축하고자 "흩어짐에 대해 경의를 표하자"고 말했던 최지인의 시적 주체는 운명처럼 사슬의 견고함을 벗어던지고 흩어짐의 자리로 이동하고 있다.

> 그러나 나는 광장을 광장이라 부를 것이다
> 나무는 나무
> 빨강은 빨강
> 처음 같을 너희의 얼굴
>
> 사람들이 모여 있다 그들은 구겨진다
> 서로의 눈을 피하지 않고
> 어깨가 맞닿은 채로
> 모든 것이 멈추지 않길
> 하얀 이들이 그들을 덮쳤다
>
> ──「앙상블」에서

이 시의 생략된 부분에는 광장의 체험과 과거와 현재에

걸친 죽음의 체험이 그려져 있다. 광장의 체험은 최지인의 시적 주체에게 "광장을 광장이라 부를 것"이라는 새로운 선언을 하게 한다. 손과 죽음을 사슬이라 부르자고 말하던 최지인 시의 주체는 이제 "광장을 광장이라" 부르고 "나무는 나무/ 빨강은 빨강"이라 부를 것임을 선언한다. 분단 현실과 전쟁 체험, 독재 국가의 경험은 나무를 나무라 빨강을 빨강이라 부르지 못하게 하고 그 의미를 왜곡시켰다. 광장에서조차 하나 되지 못할 정도로 여전히 레드 콤플렉스가 작동하고, 광장을 광장이라 부르지 못하고, 빨강에 이념적 색채를 드리우는 일이 아직도 이 땅에서 벌어지고 있음을 깨달은 주체는 대상을 있는 그대로 대하고 부르겠다고 선언한다. 광장의 체험이 빚어낸 '리얼리스트' 선언인 셈이다.

눈앞의 현실을 직시하며 최지인의 시적 주체는 "취하지 않았다 나는/ 끄떡없이 보고 있다"고 비로소 말한다. "교실에서 아이들 가르친다/ 너희에겐 교육이 중요하니/ 나는 매달 돈을 받는다/ 이대로 굶어 죽을 수 없는 것처럼/ 광장에 가면 사람들 경찰과 대치한다"라고 말할 때 그는 추하고도 아름다운, 자신이 처한 현실을 정확히 인식하고 있다. "수많은 죽음"을 목도한 시적 주체는 "너희는 죽었거나/ 죽어 가고 있"음을, 우리 또한 "철장에서/ 철장 같은 곳에서"(「추하고도 아름다운」) 죽어 가고 있음을 깨닫는다.

3부에 실려 있는 긴 시 「인간의 시」는 "모니터 앞을 떠나지 않는 나에게/ 아침 일찍 일어나 사람 가득한 지하철

타는 나에게/ 이렇게 살고 싶지 않은 나에게/ 긴긴 슬럼프
야, 라고 말하는 나에게" 건네는 말이자, "먼먼 과거"의 야
만과 "관리비가 2개월 이상 체납되어 있"는 현재와 "먼먼
미래"를 교차해 보여 줌으로써 인류의 역사를 통찰한 시이
다. 대책 없는 희망을 품지도 그렇다고 냉소에만 빠져 있지
도 않으며 적당히 가볍고 적당히 무거운 몸놀림을 보이는
최지인의 시는 그의 세대가 세상을 대하고 인식하는 방식
을 보여 주고 있다.

　　김 선배는 나를 배신했다
　　나는 그와 다른 길을 갈 것이다

　　비가 쏟아졌다 파도가 선박을 집어삼켰다 흔들리는 삶 우
리 작업실에서 죽으려고 했다 고통스럽지 않게 구조조정이 있
을 예정
　　박 선배는 팔걸이가 없는 의자에 앉아 허리를 굽히고 나에
게 속삭였다
　　나는 내가 아무도 아니어서 억울해
　　엉엉 울었다

　　이번 달 카드값은 연체되었다 월세는 밀려만 가고 찬장에
썩지 않을 통조림 속 음식
　　그물에 걸린 미래를 건져 내기 위해 몸을 던져야 했는데

처형당했다 구경하기 위해 사람들 모였었다

벽 맞대고 서 있던 여섯

도시의 아이들은 어릴 때부터 비침한 일을 겪게 마련이다

일상은 계속될 것

총성이 멈추면

비행기가 활주로를 달린다

무사히 이륙하겠지

착한 사람들

———「리얼리스트」에서

이 시집의 마지막에 실린 시가 「리얼리스트」라는 건 의
미심장하다. 6개의 부분으로 이루어진 시를 통해 시적 주
체는 세계와의 관계 속에서 '리얼리스트'의 의미를 되짚어
보고 있다. 생략된 4개의 부분은 미술관에서 본 그림에 대
한 묘사, 종교로도 피할 수 없는 느닷없이 찾아온 죽음과
큰스님의 사연, 지하실 계단을 내려가면 존재하는 불한당
들의 세계, 잔인하게 죽임을 당한 개와 그것을 지켜보는 소
년의 눈에 관한 묘사로 이루어져 있다. 인용한 다섯 번째
부분에서는 구조 조정을 앞둔 상황을 그리고 있다. 나를

배신한 김 선배와 구조 조정의 대상이 된 후 작업실에서 죽으려고 한 나와 박 선배, 자신이 아무것도 아니어서 억울하다고 우는 박 선배, 연체된 카드값, 세상으로부터 처형당한 후에도 계속되는 일상은 인류의 역사에서 오랫동안 되풀이되어 온 상황이라 공감을 자아낸다. "그물에 걸린 미래를 건져 내기 위해 몸을 던져야 했는데/ 처형당했"고 "구경하기 위해 사람들 모였었"던 일이 불과 얼마 전에도 있었고 앞으로도 일어날 것이다. "도시의 아이들은 어릴 때부터 비참한 일을 겪게 마련"이지만 "일상은 계속될 것"이라고 이 시의 주체는 말한다. 어쩌면 바로 이 사실, 총성이 멈추면 일상은 계속 될 것이라는 바로 이 사실에 우리는 유일하게 희망을 걸어야 할지도 모르겠다. 활주로를 달리는 비행기를 보며 "무사히 이륙하"기를 기대하는 마음, "착한 사람들"의 바로 그 마음이야말로 이 정글 같은 세계에서도 우리가 감히 희망을 입에 올릴 수 있는 이유가 아니겠는가. 그것은 "그물에 걸린 미래를 건져 내기 위해 몸을 던"지는 행위와 다르지 않다. 아이러니하게도 최지인 시의 '리얼리스트' 선언은 "착한 사람들"의 마음에 기대고 있다. 어쩌면 이 세계의 구원 가능성은 딱 그만큼의 현실감을 갖는 것인지도 모르겠다. 그의 리얼리스트 선언이 새롭게 느껴지는 까닭도 바로 여기에 있다.

지은이   최지인

1990년 경기도 광명에서 출생했다. 광명과 익산 그리고 안양에서 자랐다.
중앙대학교 연극학과에서 극작을 전공했고, 2013년 《세계의 문학》
신인상을 받으며 등단했다. 창작 동인 '뿔'로 활동 중이다.

나는 벽에 붙어 잤다

1판 1쇄 펴냄 2017년 9월 18일
1판 7쇄 펴냄 2022년 3월 25일

지은이 최지인
발행인 박근섭, 박상준
펴낸곳 (주)민음사

출판등록 1966. 5.19. (제16-490호)
서울특별시 강남구 도산대로1길 62(신사동)
강남출판문화센터 5층 (06027)
대표전화 02-515-2000 / 팩시밀리 02-515-2007
www.minumsa.com

ⓒ 최지인, 2017. Printed in Seoul, Korea

ISBN 978-89-374-0858-8 04810
    978-89-374-0802-1 (세트)

민음의 시
목록